나의 포트폴리오

미당문학 시인선 04

나의 포트폴리오

박종은 시집

미당문학사

밥에 비기랴, 사람보다 하늘 쪽의 계급장을

밥에게 결코 밀릴 수 없는 군번인데도

밥이 식솔들의 명줄을 쥐고 있다는 이유 하나로

밥에게 우선을 내주던 너

밥벌이 전선의 야전사령관직에서 물러나니, 그제야

밥을 제치고 가슴으로 뛰어드는

밥보다도 고소한 사랑, 품어 안고 있을 때면

밥 몇 끼 걸러도 별로 생각이 없네.

차례

제1부 나

제2부 하루치의 희망

제3부 쉼표가 많은 문장처럼

제4부 산노루처럼

해설

제1부

나

나

완전한 문장이고 싶었다.

주체적인, 눈부시게 휘날리는 주어가 되어
같은 뜻을 가진 동지들이 인산인해를 이루는 목적어에
그럴싸하게 삶을 풀어내는 서술어까지
힘 없이 갖춘 문장

언감생심이었나. 의미 있는 낱말에 붙어
뚜렷한 조사 역할이나 해 봤던가?

감탄사는 몇이나 뽑아다 즐겼으며
의구심 앞에서 물음표 하나도 제대로 세우지 못하고
긴 세월을 헌 연장 하나로 시간이나 쪼고 앉아서
마침표마저도 때맞춰 찍지 못하는 우유부단

불완전한 문장이었다.

괄호부터 풀기

복잡한 문제를 손쉽게 풀려거든
괄호를 쳐 우선을 단호하게 묶어내자
좀처럼 해결하기 어려운 삶의 이차방정식은
괄호부터 풀어야 하니까

앞을 가로막는 넘지 못할 장벽을 만나면
(꼭 뛰어넘을 거야)
슬픔을 당하여 눈물이 마르지 않는다면
(다 지나갈 거야)
아픔이 생겨 견딜 수 없이 고통스럽다면
(꼭 이겨낼 거야)

괄호 안의 문제를 먼저 풀어야 순서다
그 속 것을 소거하고 묶음마저 통째로 버리고 나면
세상은 새처럼 가벼워지겠지
날자, 그때는 날자 풀린 정답이 날개다

장애물경기

탕! 신호총소리에 잽싸게 튀어나가
무릎보다 높은 허들을 뛰어넘고
땅바닥에 딱 달라붙은 그물을 헤치고 나가서
가슴 높이의 뜀틀도 뛰어넘어가서는
앞구르기로 두어 바퀴 굴러
휘청 휘청 휘청대며 달려가던
잊혀 지지 않는 어린 시절의 운동회

살아간다는 것은
그 운동회 날의 장애물경기

저만큼 하얀 결승선으로 달리는 세월의 트랙 위에
시시각각 불쑥불쑥 돌출하는 사사건건
넘어서느냐, 좌절하느냐에 판이 갈라지는

사는 거란 장애물경기
통과하는 묘미를 즐기는 것

토렴질

따뜻한 국수 한 그릇을 말아내기 위해
장터집 할매가 부었다 따르고 따랐다 붓고를 반복한다.

얼음처럼 차디차게 굳은 사리를
김이 모락모락 오르고 뜨끈뜨끈 해질 때까지
펄펄 끓는 육수를 몇 번이고
부었다 따라내고 따라내고는 다시 붓고……

(……) 내 아궁이도 불을 지펴야겠어.
　　　　펄펄 넘치며 끓어오르게

그렇게 가슴을 두근거리게 하던
뜨겁던 그것이 내 안에서 식어빠진 채 자빠져있어
식어서 꽁꽁 얼어붙어버린
그것을 덥혀야 해, 다시 또 뜨겁게

펄펄 끓는 육수로
부었다 따라내고 따라내고는 다시 부어서

무궁화

이 나라가 어떤 나라냐고
묻고, 묻고 되묻다가 문득 보고 싶어진 나라꽃

뜨락에서도 울타리에서도 둘레길에서도
좀처럼 찾지 못해 한나절 헤매다가
빈집, 허물어져가는 담벼락에 초췌하게 홀로 서 있는
안쓰러움을 만났네.
뭐가 그리 서러웠을까 후줄근하게 이슬에 젖은 게

어둠 속에 외롬이 무섭고 싫어 선가
접은 팔다리에 얼굴을 묻고 웅크리며 밤을 지새우다
해님이 새날을 이끌고 환하게 찾아오니
그때서야 화사하게, 잇속 고른 하얀 웃음 수줍게 내보이며
백의에 붉은 열정이 햇불처럼 타오르는

나라꽃, 우리나라꽃
무궁, 무궁, 무궁화

휘어지기

양미간이 돌출한 자는 천성이 고집불통이라
부딪히고 꺾이는 일 빈번할 터
조석으로 몸을 휘는 운동을 해야 한다.

대쪽을 숯불에 달구어
갈퀴 발을 휘시며 이르시던 생전의 아버지 말씀

곧게만 선 대나무는 속이 텅텅 비고
돌아갈 줄 모르는 물은 둑을 무너뜨리느니

강물도 큰 산을 만나면 몸을 휘고
지름길도 암벽과 마주치면 돌아가느니

휘어짐의 지혜가
어찌 곧음만 꼭 못하다 하랴

나의 포트폴리오

미라가 층층이 쌓이는 관이다.

언젠가는 완성되겠지만
날마다 나는 나를 집어넣는다.
하루가 구김 없이 그대로 칸칸이 접혀서 들어간다.

목판 팔만대경장처럼 구원의 거대한 말씀도 아닌 것을
시간을 끊어다 끈끈하게 붙이면서 풀잎의 희로애락을
역사처럼 시대별로 차곡차곡 담아 무덤을 가득 채우며
스스로 제 미라를 만드는 일은
이미 습관이다

미라는 어느 날 화장될 것이다

떠돌이별

엄마별과 아기별이
꼬옥 껴안고 곤한 잠에 들었다.

알아보는 사람 없는 곳으로
눈치 빠른 여우처럼 찾아와 방랑의 여장을 푼
낯선 찜질방

저마다 싸들고 온 사연 풀어헤치느라
시끌벅적한 은하의 한쪽 귀퉁이

아빠별을 만나나

엄마별과 아기별이
빙그레, 웃음꽃 한 송이씩 피운다.

사이시옷

모음과 자음 사이에
단단히 끼어 빠지지 않는 존재

밀려나거나 배회하는 아웃사이더는 아니라서
떨어져나갈 일은 없겠지만
한가운데에 있으면서도 중심이 되지 못하는
휘황찬란한 도시의 밤하늘에 손톱 달처럼 있으나마나한
그러나 아는 사람은 꼭 찾아서 확실하게 끼어주는
샛길이나 샛강처럼 옆으로 빠져도 의미 단단하게 지켜주고
고깃배처럼 따로 노는 고기와 배를 일심동체로 묶어내며
윗마을 아랫마을처럼 얼마간의 거리를 튼실하게 확보하여
실한 고리로 묶어주는 짭짤한 역할

평생 뒤에다 모음을 두지 못하여
일가를 이루지 못하는 고독한 솔로

결로현상

구절초처럼 해맑게 웃어주는 거실 벽에
어룽어룽 이슬 몇 방울 맺히는가 싶더니
검은 곰팡이 희뜩희뜩 진드기 알처럼 군데군데 슬어
자꾸 몸뚱이를 불리는 바람에

예쁜 꽃을 꽂아도 화병은 눈 밖에 있고
등허리에 진득진득 기어오르는 진드기 떼

어디서부터 새어나오는 건지
잡을 수 없는 물기, 마른수건으로 닦아내어도
돌아보면 어느 순간 방울방울 맺히는 결로

하루도 거르지 않고 걸어도 막아내지 못하는
내 몸 안에 하자瑕疵 같아

그 풀꽃에게

키 큰 것들에 가린 듯 숨은 듯
눈에 잘 띄지도 않는 소박하고 초라한 풀꽃
찾아가서 그윽한 눈빛으로 바라보며
옆에 앉아 다정하게 이름을 불러보라

되바라진 꽃들에 치인 듯 부끄러운 듯
선뜻 얼굴 내밀며 나설 줄 모르는 그 풀꽃
부드럽고 따뜻한 손을 내밀어
꼭 잡고 악수하며 아는 체를 해보라

바짝 다가올 거다
가슴 슬며시 열고

지금은 여행 중이라네

억지 생각 하나를
달랑 챙겨 넣은 작은 가방 하나 메고
지금은 여행 중이라네

풀잎 하나에서도 새삼스러움을 만나고
낯선 지역을 헤적여 못 본 문장을 찾아 읽으며
광활한 우주로 상상의 로켓을 타고 떠나거나
은폐된 세계를 탈 은폐 시키고자

민달팽이처럼
밋밋하게 멋없이 느려빠진 행마로
지금은 여행 중이라네

만약에 그렇다면 말이야

낮은 계곡을 졸졸 흐르는 산개울이라면
돌 밑에 가재나 산천어를 유유자적 길러내야지

사람들이 자주 찾는 정원 안에 작은 호수라면
팔뚝만한 잉어 떼 무리지어 노닐게 하거나

끝 모르게 넓디넓은 태평양 같은 바다라면
집채만 한 고래 몇 마리는 키우거나

대륙이나 반도처럼 광활한 국토라면
온갖 짐승들 먹여 살리는 산맥 몇 개쯤 일으켜 세워야지

오! 명태

검푸른 바다 우르르 떼 지어 횡단하다 황해도 명천 태서
방에 붙들려
얻은 이름 명태, 대대로 동해에서 오호츠크해로 알라스
카로 북에서 북으로
한류 타고 유목하는 명태족

망태, 조태, 낚시태, 원양태, 지방태 이별은 여러 방식으
로 찾아오고
춘태, 추태, 동태, 사태, 오태, 막물태 철 가림 없이 낯
선 땅 어디론가 이주해서는
선태, 생태, 노가리, 코다리, 북어, 동태, 짝태, 간명태,
황태, 먹태, 찐태, 낙태, 백태, 깡태, 파태, 골태, 무두태,
노랑태, 꺽태, 금태, 왜태, 붕태
또 다른 명찰 차고 제각각 떠나노니

욕심 많은 암태, 수십 만 개 알 품었다 까 논 새끼들
크다 말고 붙들려 선술집 술안주로 밤새껏 노가리 까는
자들
귀에 들어오지 않는 헛말이나 듣다 찢기는 노가리

술잔이나 걸치고 들어와 곯아떨어진 얄미움에게

방망이로 톡톡 두드려서 쭉쭉 찢어 물에 담갔다 들기름 두르고 달달 볶아

두부 청양고추 송송 후춧가루 뿌려 아린 속 풀어주는 북어국

꼬들꼬들하다 해도 맑은 물에 씻어 한 이틀 말려 양념에 재웠다가

오목 팬에 국물 다 졸아지게 졸여 부드럽고 야들야들 쫀득쫀득

가족들 밥상 한 복판에 오르는 매콤한 코다리찜

함박눈 포근포근 내리는 날 어깨 움츠러든 가난한 주당들에게

펄쩍펄쩍 뛰다 급랭된 몸 푼 오만둥이 몇 개 무 몇 조각 팽이버섯 쑥갓 올려

새우젓갈 깊은 맛으로 보글보글 승천하며 소주 부르는 동태찌개

제중에 불세출은 황태해장국이라

백두대간 진부령 용대리 덕장 줄줄 꿰어져 설악산 맑은
바람으로 겨우내 바다를 빼낸

아름다운 변신, 오! 명태

틈

소리가 난다

군소리 한 번 들리지 않던
문과 문틀 사이, 어디서 틀어졌는지
비거덕거린다.

틀에만 맞춰 살 수 없다는 듯이

예, 예, 그래요만 하던
고분함이 투덜투덜 말꼬리에 토를 단다.
비거덕거릴 때가 되었나보다

틈이 생겼다

독서

오래된 스마트폰인양
사용하는 횟수보다 더 잦은 충전을 한다.

기억은 나뭇가지에 앉았던 새처럼 금세 날아가고
애써 축적한 지식은 어레미에 물처럼 빠져나가는가하면
방금 나눈 이야기도 하루살이의 수명처럼 짧기만 하니

만에 하나 충전의 때를 놓치기라도 한다면
대낮에도 캄캄한 밤중 같은 먹통이 될까봐서
깜박깜박하다가 아조 불이 나가버릴까 봐서

언어가 흐르는 전류 판에
하루에도 몇 번씩 침침한 눈알을 꽂는다.

엄마거북이

되돌아보지도 않고
엉금엉금 바다로 돌아간다.

모래톱 깊은 곳 둥우리에 알을 쏟아놓고
어디서 언제 만나자고 쪽지나 남겼는지
"얘들아, 잘 깨어나라" 귓속말이라도 속삭였는지
가슴이 미어지도록 보듬고 포옹이라도 했는지
온 힘을 다해 다독다독 묻어두고는

휘휘 손 내 저으며
귀를 막고 바쁘게 돌아간다.

공존

햇볕 좋은 날, 선운산 골짜기 물웅덩이를
쭈그리고 앉아 들어다보니

도토리나무 상수리나무 졸참나무
자자일촌 참나무 종친들의 디엔에이 검은 타닌들이
꺼먹꺼먹 물들여 놓은 어둑한 물속 세상에는
가재 새우 참게가 바닥을 기고
메기 미꾸라지가 간혹 흙 폭탄을 쏘아도
송사리 피라미 중고기 떼 유유상종

먹이사슬에 걸린 눈동자 안쓰러워 보여도
눈치껏 한 세상 더불어 살데

제2부

하루치의 희망

텃밭에서 듣는 노동요

참지렁이, 붉은줄지렁이, 갈색낚시지렁이, 외무늬지렁
이, 밭지렁이, 실지렁이
토룡土龍들의 다문화 세상

갓 쓴 지붕의 창고에 토종꿀 쏟아내며
윙윙 노래하는 참봉처럼
맨발의 구인蚯蚓들 참흙 뱉어내며
뽀글뽀글 노래한다

거친 세상아!
포근포근 하라

땅 심 키우며 목청 돋우는 지선地蟺들의 합창
들썩들썩 마을 밖으로 울려 퍼지자
여치 뛰어들고
메뚜기 날아들어 추임새 넣는다

으이.
조오치.

하루치의 희망

아침보다 좀 부지런하게 기상나팔을 불면서
스케치해 온 밑그림에 첨삭을 하다가
밤새 뻣뻣하게 굳은 사대육신을 부드럽게 풀어주는
식전 스트레칭을 어제처럼 가볍게 마치고
올리브유에 튀긴 토마토와 브로콜리
유산균 발효유에 견과류를 버물려 초장初章의 운을 떼고
읍성 소나무숲길을 느리게 산책하며
새들 중심의 자연음악과 꽃의 미소로 힐링하고 돌아와
기다리는 낮은 의자에 활짝 편 얼굴을 내다 앉히며
오늘의 꾸러미를 뒤적여 이리저리 가닥 추려 사리다
어디선가 정오를 알리는 뻐꾸기가 울면
곰삭은 단골집에서 허물없는 사람과 마음에다 점을 찍고
밖이 환히 보이는 둔각의 커피숍 창가에서
아메리카노 찻잔에 한낮이 나른하게 졸면 잠시 따라 졸다가
하다 만 일 또 한나절 다시 붙잡고 되작거리다
저녁 모임에 그들과 나란히 구두를 벗어두고
노랑때까치처럼 떠들다가 함박꽃처럼 웃어대다가
조금은 얼얼하게, 얼큰해서 발 가볍게 돌아와
저녁 아홉시 뉴스는 안방에서 드러누워 보는 거
그러다 내일의 날씨까지 미리 알고서는

어둠을 불러 끌안고 꿈 없이 곯아떨어지는 거

마지막 출근 날

어김없이 정해진 날은 왔다
촌각의 오차도 없이, 41년 10개월의 끝 날
뭣이라도 하나 쥐어서 보낼까
아무리 궁리를 해도 뾰쪽한 수가 없어
"오늘이 마지막 가는 날이네" 하며 배웅한다.
내 앞에서는 추호도 내색 없는 사람
혼자 있는 저쪽에서는 아마 울었을까. 웃었을까
평상시 그 차림에 그 가방 그대로 들고
제 시간보다 조금 일찍 나선 사람
가고 싶어도 앞으로는 정녕 다시 못 갈 곳
인수인계서에 서명도 했을 거고
자리도 다 정리하여 먼지 하나 없이 깔끔하게
새로 오는 주인에게 넘겨줄 건 다 넘겨주고
그동안 고마웠다고
남은 이들에게 울먹한 퇴직인사*를 하고
억누르려 해도 눈시울 적시는 걸 어쩌지 못한 채
다시는 들어서지 못할 문을 나서며
서운하게 아조 서운한 채로
염장한 배춧잎처럼 풀이 다 죽어
소리 없이 문 열고 들어오면 뭐라고 할까

무슨 말이 어울릴까, 내내 찾아보고 뒤적였는데
아무 일도 없는 듯이
귀가가 그렇게 담담하고 하도나 무덤덤하여
"다녀왔어" 어제처럼 마중했네.
들고 온 꽃 한 바구니와 황조근정훈장을 받아주며

* 송원 송춘희 교장 정년퇴임.

도마뱀

몸통을 지키기 위해서
꼬리가 전부인 것처럼 꼬리 자르기를 하는 것들이 있다
그 중에서도 뼈가 없는 물컹한 부위나
끊겨도 재생력이 강한 꼬리, 일단 떨어져나갔다 해도
잊혀질만한 때 되돌아보면 언제 그랬냐는 듯 자라나 있으니까

언젠가 돌이 많은 산길을 가다가 도마뱀을 밟았다
아무렇지도 않게 꼬리를 뚝 떼어놓고 몸통은 도망치고
아, 그 청명한 날 꼬리는 훌쩍훌쩍 뛰며 웅변하였다
제가 마치 도마뱀의 몸통인 것처럼

꼬리 자르기에 이골 난 도마뱀에게는
몸통을 감쪽같이 지키기에 얼마나 현명한 수단이랴
놀라자빠지다 언덕에 뛰어오른 두꺼비가
얼마나 기가 막혔으면 말을 못하고 입만 쩍 벌리고 앉았겠나.
무엇에 아주 놀란 표정이다

호버링*

선택을 앞에 놓고
이것저것 들었다 놨다 저울질하며
이럴까 저럴까
머뭇머뭇 머뭇거린다.

앉을까 말까
맴을 도는 잠자리처럼

생각은 밖에 있고
발길만 대문 앞에 이르렀나.
곧바로 들지 못하고
머뭇머뭇 머뭇거린다.

들어갈까 말까
기웃거리는 토종벌처럼

* 호버링 : 헬리콥터의 정지비행

계란의 꿈

나뭇잎 독방에서 우화를 꿈꾸는 번데기처럼
날개를 달고 저 흔한 새와 짐승과
섞여서 물 한 모금 마시고 하늘 한 번 쳐다보고
어릴 적 귀엽던 시절 노란 추억을 쪼아대며
양지쪽에 빨간 벼슬을 뽐내는 수탉과 무리를 지어
해가 뜨면 열심히 대지를 헤집고
해가 지면 홰에 올라 눈을 붙이고
한 달쯤 거름 없이 꼬박꼬박 알을 낳아
둥우리에 가득 깬 병아리 한 소대 이끌고 다니는
당당한 그 엄마

등신等神

그릇 중에도 서러운 그릇은
아마 개밥그릇일 게다

어쩌다 개 같은 것들이나 상대하여
공양을 올리는 개밥그릇이라
담아 줄 것은 다 담아줘도
먹고 나서는 이 발로 걷어차고 저 발로 걷어차고
심심풀이 노리개로 가지고 놀고
때로는 잘근잘근 씹어댄다

아니고, 저 등신
개밥그릇

수몰된 청계동

예전에 발이 닳도록 올라쌓던 뒷산에 올라
여름 가뭄에 물 빠진 고향을 본다.

골목길이나 울타리 잔뼈들은 이미 삭았고
허물어진 담장이나 집터, 왕골배미 무너진 돌무더기
물레방앗간 밑에 너럭바위
동네 가운데를 흐르던 냇가
펄펄 끓는 한낮의 햇살 아래 고향의 유골들이
맨몸으로 거풍을 즐기고 있다

동네가 통째로 드러누운 저수지에
백골은 몸을 부려 한 살처럼 스며들며

문답

못 푼 물음 하나를
낚싯줄에 매달아 심연에 던진다.

적막하다
침묵과 고요로 한나절이 넘게
내공을 쌓으며 불가시 영역을 응시하다
찌가 반응한다 싶어 걷어 올리지만
흔드는 게 바람이었을까
낚시 바늘에 걸려 올라오는 게 없다

꽃은 꽃을 버려야 열매를 얻을 수 있고
강은 강을 버려야 바다에 이를 수 있나니*

대체, 나는 무엇을 버려야
그 답을 얻을 수 있을까?

* 화엄경의 명구

실직

천직인줄 알았지

그 무덥고 긴 날, 찍찍 진땀 흘리며
잠시도 쉬지 못했던 건
바람을 만들어서 더위를 몰아내는 일 때문이었지
나만 쳐다보기에 힘들어도 즐거웠어.
없어서는 못 살 것처럼 끼고돌며 찾으니까

시절이 바뀌면 인심도 변하는 거라
찬바람 일 때부터 조금씩 내몰리기 시작했지
옷을 바꿔 입으며 노골적으로 밀어붙여서 결국은
썰렁한 창고로 갈 수밖에 없었던 신세
이젠 움츠린 몸으로 고개를 꺾고 처박혔어

일도 잃고

본색

감추려 애쓴 지가
아마, 이십년 쯤 됐을 거여

한 달에 한 번은
아예, 통째로 색칠을 하고
주일에 한 번은
환히 뵈는 곳만 단속하는데

뭣 때문에 그러는 걸까
쏙 쏙 또 올라오는데

후회

먹이를 찾아 허덕이던 게으른 집쥐가
거대한 쌀독에 빠졌다. 로또에 당첨된 셈이다.

한 발짝 움직이지 않아도 실컷 먹을 수 있으니
아, 대박이다. 대복이 터졌다 했지

내게도 이런 복이 있었을까
아, 이 편한 세상

드러누워서 놀고먹으니 몸뚱이는 불어나고
쌀은 자꾸 줄어들었다.

아차, 하고
바라본 하늘은 노랗다 못해 기우뚱기우뚱

놀라 쳐다보다 벌러덩 뒤로 넘어지니
뒤집지 못하는 한 마리 풍뎅이다

토요일

한 주간 일정으로
세상에 출장 나와
월요일부터 금요일까지 발목이 시도록 뛰다가
부지불식간에 맞이한 토요일 아침
눈 비비고 일어나 슬쩍 되돌아보니
그 닷새 눈코 뜰 새 없었네.
온갖 꽃이 만발한 화려한 봄날의 일벌처럼

내일은 출장보고서 한 장 움켜쥐고
돌아가야 할 일요일

여생이라는 하루
오늘, 토요일을 어떻게 보낼까?
그래도 좀 뛸까, 좀 볼까, 좀 쓸까
아예, 미리부터 누워버릴까

중환자실에서

양초 한 자루가 끝내 다 탔나,
가물가물 꺼져가고 있다

누군가 바닥에 달라붙은 촛농을 긁어모아
이어놓고 가고 겨우 이어놓고 가고

곧은 심지 하나 척추에 꽂고
어둠을 찾아 땀을 쏟으며 제 몸 방울방울 녹여
좀 더 밝으라고 켜던 불꽃

저 통통하고 꼿꼿했던 한 세상
주변의 어둠을 몰아내던 그 불빛

거센 바람에 흔들리면서도
결코 꺼지지 않고 끝내 빛을 발하던 양초
심지마저 드러누워 바닥에 달라붙은

팔을 잡고 흔들어도 귀에다 대고 소리쳐도
어둠에 먹히는 저 양초

슬픔을 이기는 법

한 편의 시나리오에는
어느 곡절엔가 꼭 슬픔이 담겨 있기 마련이라서

허허벌판을 걷다 뜻하잖게
밀려온 먹장구름이 터져 쏟아져 내리는
작달비에 대책 없이 그대로 젖듯
느닷없는 슬픔이 찾아와 견딜 수 없을 때에는
막대 하나 들고 무작정 걸어
눈물을 주먹으로 닦아내면서라도 일어서서 걷다보면
어디쯤엔가 눈물 마르는 곳에 이를 거야
거기, 막대를 꽂아두고 돌아오는 거다
에스키모처럼

외양간을 나와 도축장으로 가는 소나
보신탕집으로 끌려가는 황구의 진한 눈물도 보았고
맹금류에 새끼를 잃은 부부 새가
식음을 전폐한 애달프고 처연한 울음도 들었지 않은가

누이야, 슬픔의 막대를 꽂아두고 돌아오게
지금 일어서서 걸어 봐.

나비야, 청산도 가자

나비야, 청산도 가자
호랑나비야, 너도 함께 가자꾸나.

신이 나서 뱃고동 힘차게 울리는
여객선 뱃머리에 나앉아 저 푸른 물결이
하얗게 부서지는 남해바다를 바라보면서
즐거우면 너울너울 춤을 추며
나비야, 청산도 가자

서편제 가락 구성진 당리마을
언덕마루에서 바라보는 도락포구가 가히 일품이러니
나비야, 걸어서 가자
노란 유채꽃과 초록 보리가 싱그러운
돌담 밭길을 지나 '언덕 위에 하얀 집'에 들러
초가 주막에서 지친 몸과 마음을 내려놓기도 하다가
휴대전화도 터지지 않고 나침반도 무용지물인
범바위 앞에서 그 거센 기를 듬뿍 받으며
나비야, 쉬엄쉬엄 가자

파도 잠잠하면 독살로 해어를 잡아 올리고
그리운 사람보다 더 그리운 바다 건너 뭍을 사모하는
애달픈 노래로 산비탈에 일궈놓은 구들장논과
구불구불 구부러진 돌담길에 옛집들
나비야, 추억의 의자에도 좀 앉았다 가자

유채꽃이 노랗게 섬을 물들이는 사월의 청산도
천천히 걷기는 힐링이란다.
가다가 피곤하면 야윈 어깨나마 내게 기대어라
즐거우면 거친 손 서로 잡고 스텝이라도 밟으며

나비야, 청산도 가자.
호랑나비야 너도 함께 가자꾸나.*

* 무명인의 시조 「나비야, 청산가자」 에서 인용하여 활용.

명사십리에서

서해의 한쪽을 야무지게 껴안고 있는
금빛 모래밭 고창 명사십리

동호해수욕장과 구시포해수욕장을
좌우에 끼고 별도로 등기를 낸 십 리 모랫길을
맨발로 하염없이 걸으며
뚜벅뚜벅 발자국을 찍는다.

저만큼 나앉아 있는 파도가
흔적을 남기려는 것은 부질없는 짓이라고
나직이 타이르는데도
족적마다 낙관을 찍는다.
말 달리듯 파도 같은 세월이 덮쳐오는데도

아서라. 명사십리에서는
그냥 멋스럽게 흥에 겨운 춤이나 추다가
신이나면 뜀박질도 하다가
손호미로 모래를 파헤쳐 노랑모시조개를 잡다가
주저앉아 하늘도 바라보다가

모래 한 알 한 알 넘기며 독서도 하다가
서해바다를 향해 주장 하나 외치기도 하다가

바닷가 외딴집 나그네바람처럼
홀연히 슬쩍 떠나는 거지

책, 장가계 편

사람이 태어나서 그 책을 읽지 않으면
백세가 되어도 어찌 늙었다고 할 수 있겠냐는
천하제일의 절경 장가계 편을 펼쳐 든다.

모노레일을 타고 들어간 십리화랑의
기이한 두루마리 풍경은 수십 쪽에 걸쳐 끝없이 펼쳐지고
천자산 높은 절벽을 단숨에 올라채는 백룡엘리베이터는
세계 최고의 높이를 자랑하느라 초고속으로 뛰어오르고
두 개의 천연석판으로 이루어진 '천하제일교' 해설에는
일찍이 구름 속을 거닐던 신선들의 영역을 인간이 빼앗았
다고 썼다
누구도 정신을 가누지 못할 정도로 아름답다는
미혼대의 꿈속 같은 기암절벽은 무릉도원에 드는 절경이라
동굴 속의 동굴, 동굴 속의 산, 동굴 속의 강
황룡동굴은 대륙 최대의 아름다운 저택으로 묘사되었고
유람선을 타고 여유롭게 보봉호수를 가로지르면
토가족 소녀와 소년이 부르는 노래 황홀하다 못해 애잔하다
걸어서는 못 오르는 천인단애 이십 리 길을 초롱꽃 같은
케이블카로 오르면 귀신도 울고 간다는 귀곡잔도의 오묘
한 깊이

아흔아홉 고갯길을 뱀처럼 구불텅구불텅 기어올라야
볼 수 있는 천문동 하늘 문을
활짝 열어주는 페이지까지 읽다 편 채 자지러지는데

책상 앞에 앉아 눈 빠지게 보는 여행보다야
발 불어 트게 찾아다니며 읽는
그런 독서야말로 실감이 백배다.

* 장가계 : 중국 후난성 북서부에 있는 중국 최고의 절경 중에 하나로
  세계 자연유산으로 등록 된 곳.

제3부

쉼표가 많은 문장처럼

쉼표가 많은 문장처럼

간이역에도 들러
나무의자에라도 앉아서 쉬다가려는데

밀려가는 것 같다
끌려가는 것 같다

옛날 외할머니 고갯길 넘어가듯
팔랑팔랑 흰나비 꽃밭을 날 듯

쉼표가 많은 문장처럼

핑계를 주어다 낱낱이 찍으며
세상 꼬박꼬박 읽어가려는데

밀려가는 것 같다
끌려가는 것 같다

유치원 통학버스는 지나가고

가랑비 오는 날
우산 밑으로 옛날 생각이 줄줄 새어서는
속까지 깊이 젖어 움직일 수도 없는데

꿈푸른유치원 통학버스가 지나간다.

그 안에는 꿈들이 가득할까
모판처럼 꿈들은 푸르게, 푸르게 자랄까

꿈푸른유치원 통학버스가 지나간 한참 뒤에도
가랑비는 내리고 생각은 이어지고

검은 우산을 쓴 사람 그대로 서 있다.

내리막길에서

다 내려와서 넘어진 게 두고두고 부끄럽다
위태롭거나 미끄럽지도 않은 길이었는데
오히려 가파르게 오를 적에는
팍팍하고 숨이 콱콱 막혀 헐금씨금
얼마나 힘들었었나, 그래도 무탈했었는데

내려올 때 조심해야 한다는 말
가슴에 깊이 새겨두고 꺼내보곤 했지 않았나.
해찰의 틈으로 방심이 끼어들었을까
정상을 정복한 기분에 취했었나
오만이나 질투가 밀어버린 걸까

발이 접질리고 무릎이 깨져 주저앉았을 때
뛰어다니던 바람은 얼른 달려와 부축하는데
소나무랑 단풍나무랑 갈참나무랑 싸릿대나무랑 억새들
물끄러미 또는 힐끗힐끗 쳐다만 보는 거라
후회를 붙들고 얼굴을 가렸네.

무위도식

이러다가는 내가 너를 닮지

지상의 낙원 태평한 모리셔스 섬에서
먹는 타령이나 하며 둥실둥실 배만 불리다
예정된 몰락의 길이 열리던 날 아주 지구를 떠난
이상한 나라 엘리스에나 출연하는
도도야

도도나무의 은혜가 한낮의 햇볕처럼 쏟아지고
제자리에서 고개만 돌리면 실컷 배를 채울 수 있었으니
뭐, 힘들게 날아오르겠어, 움직임도 귀찮지
먹고 드러눕고 놀며 게으름 피며 세월아 네월아
편안하고 푹신한 방석에만 안착하던 관습

굶주린 탐험대가 칼 차고 들어온 운명의 날
제자리에서 뒤뚱뒤뚱 하다 멀뚱멀뚱 바라만 보다
하나같이 밥이 되어버린 바보새
도도야

이러다가는 내가 너를 닮지

3D 프린팅

발의 움직임이나 얼굴의 형태만 그려 넣으면
운동화나 안경테를 개인 맞춤으로 찍어내고
아니, 설계도만 있으면 무엇이든 만들어 낼 수 있어서
총기나 폭탄도 제조하는가 하면
열쇠, 지문이나 얼굴도 프린트해 내면
어느 것이 진짜인지 모를 지경이라니
아, 어지럽고 혼란스러워!
그런 세상은 살아가는 방법도 달라져야겠지
길이나 무게로 나타내는 내 몸이야
도면으로 그릴 수 있어 물론 만들어 낼 거지만
영혼을 넣지 못하는 몸은
눈사람이나 허수아비에 불과할 텐데
그건 어떻게 디자인해야 할까
도면만 있으면 분명 만들어 낸다 했는데
그래, 영혼까지도 찍어 낼 수 있다면
어디나 신출귀몰하며 한꺼번에 많은 일도 볼 텐데
그럼, 내가 많을수록 좋은 걸까, 좋다면
3D프린터기가 좀 더 진화해야 하고.

풍선

여름 지나 이마가 서늘해진 날
오랫동안 소중하게 간직해 온 풍선을 불어
홀가분히 떠나라
자유롭게 떠나라
잡고 있던 손을 놓는다

가벼워야 하니까
바람보다 더 가벼워야 둥둥 떠오를 테니까
정한도 비워내고 이름도 지워서
허공 같은 그리움이나 담아
탱글탱글한 몸에 묶였던 연緣의 줄을 끊는다.

좋은 바람 만나서
좋은 곳으로 잘 가라고

손톱을 깎다

창문으로 들어오는 햇빛을 온몸으로 받으며
돋보기 코에 걸치고 손톱을 깎는다.

오래된 호두알처럼 쭈그렁하고
말라 뻗으러진 낡은 갈퀴 발 손끝에
부딪치면 그냥 쪼개지거나 끊어져버릴 옹고집처럼
필요에서 밀려나 점점 부담으로 남는 관계를
똑, 똑 끊어낸다

낡은 유리칼에 금강석처럼 박혀 있는 손톱
오래 써온 대견스러운 도구를 새삼스레 바라보며
아직 달은 떠 있는가. 찾아보면
좀처럼 보이지 않는 그믐달

손끝 바짝 잘라낸다
쓸모없는 불편한 과거와 주검이 된 시간을

홍시 紅柿

눈시울이 짓무를 때도 되었지
구름 틈 노을빛에 뺨이 붉어지며 눈을 자주 훔치네

세상의 봄을 함께 누리며 피어난
하얀 감꽃의 미래였던 아무 물정 모른 아기 감 시절
바람과 술래잡기하거나 별들과 숨바꼭질할 때면
햇살과 달빛이 교대로 찾아와 깔깔깔 웃어주고
주변의 잎들은 손뼉 치며 좋아 했지
꼭지 하나 붙들고 철 들어가며 서럽도록 떫어도
밀어닥치는 비바람과 맞서면서 힘겨워도
포동포동 살은 오르고 근육이 툭툭 불거지니
하늘은 푸르고 땅에는 희망이 넘쳤어
몸에는 단맛이 돌고 보드라운 햇살은 따뜻하기만 했지
당도가 높아질수록 이제 한 몫 하나 했으니까
몸도 꽤 틀스러웠고
이만하면 됐다 싶었어

멀리 떠난 후, 가을을 잃어버린 아이들이
폭삭 익어버린 나를 보면 어떤 생각을 할까

늙은 저녁의 일기

우하 어른은 구십에 두 번째 시집 내어
베스트셀러에 한참을 유하시더니만
한 권 만 더 쓰겠다. 문 열고 미당 거처 바라보며
　　선나바라밀禪那波羅蜜
　　선나바라밀禪那波羅蜜
문장 찾아 깊은 정려에 일월을 쏟는데

알약 몇에 고분고분 고개 숙여주는 그와
읍성 서너 바퀴 도는 숙제는 건너뛰면 회초리라
고작 그거로 밥값이나 하고는
죄다 비운다. 털어낸다면서도
외출, 걱정스럽지만 들앉았으니 초라해진다며
화, 수, 목, 금, 토, 일, 월 중 두세 번은 바깥 자리에 끼어
칡넝쿨처럼 어우렁더우렁 칭칭 얽이다가
해 먼저 잠자리에 들여보내고서야
어둠길에 어슬렁어슬렁 빈손의 귀가

* 선나바라밀禪那波羅蜜 : 마음을 한 곳에 모으고 고요히 생각 하는 일.

옛 친구

칩거하겠다며
깊은 산으로 들어간 벗을 찾아간다.

물소리 청량한 개울을 몇 개나 건너고
뻐꾸기와 소쩍새 울어에는 솔밭 돌아 나와
할미꽃 두어 송이 피워낸 고개도 넘어
햇살 가득한 초막

인기척이 없어 그윽함은 깊어지고
마당 귀퉁이나 시누대울타리 밑에
참새, 박새, 멧새, 곤줄박이의 가족들이 찾아와
끼리끼리 식사를 하며 소풍을 즐기는데

그 사람은 어디 갔을까?
걸막에다 적막과 고요 몇 자 걸어두고

고뿔

아예, 제 집처럼 들앉았다.

며칠 전 청계동에서 근 오십 년 만에 해후한 죽마고우와
밤 새워 주담을 나누는데 먼발치에서 희뜩희뜩 째려보는
밤바람의 회색 눈빛이 고약하더니 연이어 걱정 한 포대
들고 와 밤새 풀어놓고 고난도 블록을 꿰어 맞추느라 제
대로 눈 붙이지 못하다 또한 어쩔 수 없는 자리라는 핑계
로 살짝 한 잔 걸치기까지

약점을 보였나. 그 틈에 밀치고 들어오더니 잠과 책이랑
컴퓨터를 몽땅 앗아가다 못해 삭신을 마구 두들겨 패니
끙끙 앓아도 좀처럼 봐주려 하지 않는 이놈을 어찌 할꼬

아나, 가져가라 며칠 네게 주마

독후讀後 곡哭

두 번째 시집을 상재하고
단숨에 고향으로 달려가 부모님 무덤 앞에
시집 한 권 바치고 큰절을 올리며
살아생전 당신 가슴에 꽃 한 송이 달아드리지 못한
자식이라며 목이 멘 채
시 한 편 읽어드렸다는 어느 시인의 고백에

뜨거움 한 줄기 울컥 치밀어 오르더니
핑 돈다.

시집 일곱 권을 냈으면 뭘 하랴

벚꽃

꽃 열차를 타고
한겨울 화로속의 뜨거운 숯불처럼
이글거리며 붉게 타오르는 동백역을 출발하여
희끗희끗 아직 다 못 떠난 겨울과 함께
한밤의 별빛처럼 은연한 매화역을 경유하고
겨울의 껍질을 확실하게 깨고 나온
노란 병아리들 종알종알 대는 산수유역을 거쳐
가시처럼 찌르며 파고들던 꽃샘바람 도닥이며
숨차게 달려온 남녘의 완강한 봄을
청명과 한식을 배웅하고 난 며칠 후
가슴 철렁하게, 맞닥뜨렸다.

겨울눈꽃보다도 더 새하얗게
폭설을 뒤집어썼구나!
옥수수튀밥 튀듯 대번에 터트려 한 세상을 휘어잡은
벚꽃들의 천하
또 며칠을 호령하려는가.
사월의 황제여

오월의 석산石蒜

이밥이 소복소복한 이팝나무에도
가슴 벅차게 쿨럭쿨럭 물관부를 넘쳐나며
봄물 흐르는 소리 한결 우렁찬 날

지난겨울, 얼음 들어 시린 눈밭에서도
꼿꼿하게 푸르던 싱싱한 잎들의 넘쳐나는 그 기개
여름의 문턱에도 이르지 못하고
육탈된 삼베 올처럼 누렇게
얼키설키 얽히며 드러눕다가는
이내 그렇게 말라비틀어져버리고 말데

오월의 잎들이 희망을 밀고 나오는 모습을 보려
멀리서, 초록세상 찾아온 줄도 모르고

자리를 비워줘야
그리운 꽃대가 솟아오른다며

호박벌

잘 익은 가을대추같이
통통하고 탱탱한 몸에
어울리지 않는 초미니 날개로
퍼덕퍼덕, 쉴 새 없이 퍼덕이는 날갯짓
온몸에 노란 꽃가루를 뒤집어쓰고
눈총도 아랑곳없이
체면쯤이야 불고하고
풍만한 호박꽃 속만 휘젓고 다니는
저 염치없는 놈

겨울의 강

만추의 깊은 사색을 그대로 껴안은 채
하얗게 꽁꽁 얼어버리고 싶은

쉼 없이 달려온 지친 물의 발바닥에 불어 튼
물집이나, 흐르지 못하고 갇힌 호수에서 벗어나려
발버둥 치던 기억 또는 통증
심장 안에 침묵하고 있는 생각까지라도
모든 흐름을 지금 그대로 투명하게
한 장의 사진처럼, 얼음 속에 낙엽처럼
도끼로 찍어도 깨지지 않게 이 겨울 꽝꽝 얼었다가
따뜻한 봄날에야 졸졸 풀려

세상을 부드럽게 어루만져 꽃을 피워내며
가던 길, 마저 가고 싶은

바다

집어삼킬 듯 달려들며 멍들게 후려치는 성질머리나
햇볕이 좋은 날 늘어지게 하품이나 하는 게으름을
내색 없이 다 품어주는 세상의 엄마

쓴 것 단 것 독물까지도
모나고 비뚤어지고 떨어져나가고 찌그러져도
혼탁하고 더럽고 썩어빠져도
아예 뜯어먹겠다, 속에 들어와 애간장을 훑어도
뭍에 시달린 강물이 치마폭에 구토하며 늘어져도
일곱 번 아니라 일흔일곱 번도 더 용서하고도
낮은 자리로 내려앉아 그 넓은 치마를 펴 놓고는

무엇이고 다 받아주며
태어나는 생명을 모다 길러내는 세상의 엄마

다 '받아' 준다고
그래서 '바다' 라고 부르나

제4부

산노루처럼

산노루처럼

앞만 보고 달려가다가도
가던 길 잠깐 멈춰 되돌아볼 일이다
산노루처럼

언덕에서 온 길을 되돌아보노라면
앞으로 갈 길도 보일 터이니

문장에서 물음표가 필요하듯이
삶에서도 고개를 돌려 되돌아볼 일이다
산노루처럼

칠포세대七抛世代의 독백

대양 건너의 알바, 알바 밭에 떨어지는 말이라도 주워 담아 입을 떼야 될 것 같아 대출 받아 무작정 비행기를 탔고 달이 뜨면 하염없이 흑인 노예의 연가를 불렀지 아쉬운 대로 소통은 된다 싶어 돌아왔건만 어디 뚫고 들어갈 뾰족한 수가 나지 않아 공부가 부족했나, 또 교문만 들락거리다 좋은 시절 탕진하고 얼굴 쇠고 뱃살 두툼해서 얻은 석·박사, 내놔봐야 개도 물어가지 않는 그것을 위해서 가계부채만 감당 못하게 늘렸지

옆 사람들 성화에 소개팅도 몇 번 해봤지만 별 이유 없이 깨지니 그 짓도 맥 빠지다 지쳐 중증의욕상실증이라 연애가 되지 않으니 어찌 혼인이 이루어지며 출산을 바라겠는가. 어느 날 삼포세대 회원증이 날라들더군.

밥주발 하나 들고 뛰었지 발바닥에 땀이 나게 그게 안 채워지더라고 무인기가 갈수록 판을 치며 취업은 안 되는데 무엇으로 주택을 구입할까 저 빌딩 숲 속에 내 것 하나 없다 생각하니 풀밭에서 울어대는 벌레만도 못한 것만 같아 울음도 안 나오는 오포세대

뒷방을 아예 독차지하고 드러누운 어두컴컴한 우울, 어
릴 적에는 꿈도 많았지 이것도 하고 싶고 저것도 하고 싶
고, 그 무지개 어디론가 사라지던 날 인간관계도 꿈도 지
우고 공공근로의 호미소리 땡강대는 엄마의 치마폭을 떠
나지 못하고 그 가슴에 근심덩어리가 돼버린 칠포세대

　흙수저를 쥐어줘서 미안하다 미안하다며 제발 포기만 말
아달라고 그 어둡고 캄캄한 터널을 어서 빠져나오라고 시
련 없는 인생이 있겠냐고 쓴 게 약이라고 그 모정의 강바
닥에서 건저 읽는 참게 껍질 같은 문장들

　* 칠포세대 : 연애, 결혼, 출산 포기(삼포세대) + 직장, 집 마련 포기(오포세대) +
　　인간관계, 꿈 포기.

어미독수리의 교육

하늘 높이 오르는 꿈을 꾸며
매사에 두려워말고 극복하라 찬찬히 이른다.

폭풍이 세차게 몰아치는 날
폭풍이 온다, 다른 새들은 큰 나무나 바위 밑으로 슬슬
숨을 때도
폭풍과 정면으로 날개각을 세워 양력으로 맞서고 맞서며
폭풍보다 더 높은 하늘로 기어이 올라
폭풍의 저 무례하고 난폭함을 내려다보는 어미독수리

새끼의 몸뚱이에 듬성듬성 털이 나기 시작하면
둥지에서 폭신한 방석을 하나씩 빼내고
뾰쪽뾰쪽한 돌이나 날카로운 가시로 방바닥이나 벽을
장식하고는
새끼들이 아파서 버둥대고 버둥대다
툭! 떨어지면 잽싸게 날개로 받아주다가
파닥파닥 날갯짓이 시작되면 그것도 아예 모른척하면서
떨어지면 올려놓고 또 떨어지면 또 올려놓고……

찢어진 날개를 웅크리고 주저앉아
발버둥 치며 울부짖으며 냉정한 엄마를 원망할 제
이 몸을 봐라
이건, 날기 연습 때 솔가지에 찢겨서 생긴 상처이고
이건, 위 독수리에게 할퀸 자국이고
이건, ……
훈장처럼 생생한 기록들을 다 내 보이며.

일어나 날자꾸나.
세상에 상처 없는 독수리가 어디 있겠느냐고 이른다.

그 폐지수거인

빠각빠각, 골다공증 전동휠체어 다리에
군데군데 들어앉은 어둠에 검댕이 낀 얼굴이
외딴 빌라 앞 쓰레기 분리수거장을
하루에도 몇 번씩 유기된 고양이처럼 드나든다.

폐지 한 장이라도 지폐인양
늘어 뺀 팔, 쇠꼬챙이로 콕콕 찍어서 가슴 앞에다
하나씩 차곡차곡 쟁이곤 하는데
그가 콕콕 내뱉는 한숨소리는 어찌나 애처로운지
보고 듣기에는 아주 딱한 일인데

더러는 한 발 앞서
사지가 멀쩡한 젊은이가 검은 선글라스까지 끼고
건장한 체격으로 으스대듯 휘휘 둘러보다가
한꺼번에 거든거든 던져 싣고서는
휘익, 그럴듯한 트럭이 떠나버린 후에

한 발 늦게 도착한 전동휠체어가
쓰레기 몇 조각이 잔바람과 장난치는 모습이나 보다가

허탕치고 돌아가는 쓸쓸한 거동에
짠한 전율이 여우비구름의 그림자처럼 스친다.

감

그때, 감나무 집 그 애 할머니는
감꽃 화관과 감꽃 목걸이 그리고 감꽃 팔찌까지
걸어주고 끼어주며 다정하게 지내라 그랬지
오늘, 떨어지는 감꽃을 나 혼자 보네

늦여름 그 애네 집 아랫목에는
가끔 작은 항아리가 이불을 둘러쓰고 있었어.
푸릇푸릇한 땡감을 따다가 뜨뜻한 소금물에 우려
떫은맛을 빼내고 단맛을 들인 침시沈柿를
놀러 나올 때마다 입에 물고나오곤 그랬지

눈발이 하나 둘씩 빠지는 초겨울
그 애네 집 벽장 속에는 물렁물렁하게
잘 익은 홍시紅柿가 가득 들어서
그 애네 할머니가 집을 비우기라도 하면
들랑날랑 빼다먹곤 그랬어, 생쥐들처럼

봄꽃들이 여기저기서 환하게 피어날 때
머리가 허연 그 애네 할머니가

하얀 분을 바른 다디단 건시乾枾를
싸릿대꼬챙이에서 하나씩 빼주는 맛에 그랬을까
달랑달랑 심부름도 잘도 다녔지

그 애네 집 밥상에는
사각사각 감 장아찌 장시醬枾가 사시사철
매 끼니 빠지지 않고 올랐었네.
고추장에 보리밥을 비벼 먹을 때도

장례식장에서

이층 천실은 누구의 별세인가
열병대오를 이룬 초병들이 두어 중대쯤 도열 했네
아마 크게 잘 둔 뒤가 있나보다

어떻게 좋이 맺어진 관계인지
울력꾼들은 애도를 쪼개고 쪼개서 웃음까지 찾아내며
음산하게 엄습해 오던 짙은 검정을 지워내고

돌아올 수 없는 곳으로 영영 떠나는 길이라
소소한 구두들이 뒤엉켜 북새통을 이루고
대문짝만한 명함도 무릎 꿇고 머리를 조아리니

가는 곳이 어딘지는 모르지만
떠나는 길이 인생마라톤 우승자처럼 의기양양 하겠네
물론 발걸음이 뛰고 싶게 가볍겠지

물 같은 사람

어디, 치켜들며 거스른 적 있나
아래로 더 아래로 스며들며 몸을 낮추었지

버거운 언덕이나 어마어마한 태산이라도 만나면
하염없이 돌고 돌아가려 하고

생활을 담느라 때 묻고 얼룩진 몸을 씻어낸
구정물까지도 받아주었지

주춤거림 없이 변하는 게 세상이라며
어떤 세월에도 순순히 그 모양새 따라 담겨지고

추녀 끝에 떨어지는 물방울이 바윗돌을 뚫듯
참음과 끈기와 집념을 무기로 지녔지

쏟아야 할 사랑과 열정 앞에서는
장엄한 폭포로 아예 몸을 던지기도 하며

긴 세월 우여곡절에도 유유히
아주 도도하게 바다를 향해 가고 있지

벼락 맞고 싶은 오동나무

외딴집 뒷산 언덕배기에 홀로된 지 오래된 그는
항아리 몇이 옹기종기 사는 집 지킴이가 지루하나보다
진자주색 꽃을 제철마다 피워내며
달가닥달가닥 몇 송어리 매다는 짓도 신물나나보다

마른벼락이라도 내리치라며
밖으로 뛰어나가 고개를 쳐들고 두 손을 흔든다.
산 채로 타버리는 황홀한 순간을 맞아
생을 바꾸고라도 싶어 설까

그때가 오면 진양조로 육자배기부터 부르겠다는데
덩—드르덩덩 —따궁
내 정은 청산이요 님의 정은 녹수로구나
녹수야 흐르건만 청산이야 변할소냐
아마도 녹수가 청산을 못 잊어 휘휘 감고만 돌구나

덩—덕쿵덕기덕덕
기덕쿵더러러러
십이분의 사 박자나 팔 박자로 춤추거나 자발자발 걷다가
중중모리 계면조로 애절 통곡하며

중모리로 몰아가다 중중모리로 조급해진다

숨이 좀 차게 자진모리로 넘어가는데
춘향이 죽어갈 때 어사출도, 심청이 인당수에 당도하고
쿵떡쿵떡 떠떠떡 쿵더더덕 쿵떡
둥둥 둥개야 둥개둥개 둥개야
둥둥 둥개야 똘망똘망 자라라

덩따따쿵따쿵
흥보가 기가 막혀, 흥보가 기가 막혀
앗다, 가슴이 무너지게 아조 무너지게 휘몰아치니
요절복통하고 어깨춤이 절로 나는
가얏고의 다드래기 고갯길은 가파르기만 하다

명주실 열 두 줄 짱짱하게 매어 놓고
기러기발등에 펼쳐지는 세상을 줄줄이 타고 넘게
어서 줄을 뜯어라 밀어라 퉁겨라

소리를 받아내는
울림통, 울림통이나 되겠다나.

라 트라비아타 La traviata

그대의 눈빛 앞에서는 모든 근심 사라지네.
빛나고 행복했던 날을 노래하는 사내를 질투하다
결투라도 벌이고 싶던 내 젊은 날

세상의 모든 것은 다 어리석은 것이라
기쁜 꿈을 제하면 허무밖에 남을 게 없다며
가슴에서 붉디붉은 동백꽃 한 송이 떼어주고
이 꽃이 시들면 찾아오라던 아름다운 춘희를
사춘기적에는 눈물 나게 사랑했지

아! 그대인가? 아무에게도 말하지 않았지만
그날부터 나는 당신이 보내온 선물 속에 살았다오.
나는 사랑을 모르는 여자
그걸 원하신다면 다른 여자를 찾으세요.
그러면서도 아니 이상해! 이상해!
오, 이 기쁨, 일찍이 나는 몰랐다오.
사랑하는 것과 사랑 받는 일은 쓸데없는 기쁨이라고
경멸하던 춘희에게 불타오르는 사랑
다가서다가 내 가슴에도 불이 옮겨 붙었지

현재의 기쁨 속에 과거를 묻고
열정과 젊음, 사랑과 아름다움의 노예가 되어
두 사람이 밤낮없이 부르는 노래의 나라, 바로 천국이었네.
그러나 숨 막히는 행복은 불꽃같은 것

당신의 수치스러운 과거는 어찌하겠냐고
춘희의 가슴에 쿵쾅쿵쾅 대못을 박아대는 사람을
그때는 도저히 용납할 수 없었지

지난날이여! 안녕
당신이 이 편지를 받을 때쯤……
다 하지 못한 말 남기며
떠날 수 없는 사람에게서 떠나고

밝은 태양과 바다를 아주 잊어버렸나
고향의 하늘과 땅을 너는 기억하니?
그곳에서 행복했던 시절을 생각해 보라
눈물을 거두고 집으로 돌아가자
늙은 아비들의 애절한 제창이 무대를 뒤덮고

마지막 제 삼 막이 내려지려는 초조한 순간
자신의 초상화가 새겨진 목걸이를
먼 훗날 사랑하게 될 여자에게 쥐어주라며
사내의 품에 남은 세상을 모가지 채 떨어뜨린
유난이도 붉던 한 송이의 동백꽃

* 라 트라비아타(La traviata)는 주세페 베르디가 작곡한 3막의 오페라.

백사전白蛇傳

멀리 대륙에서
깊은 곳까지 찾아온 낯선 백사에게 숨 멎을 듯
그날 밤 홀랑 홀렸는데

전생에서 흰 몸뚱어리로 기어 천년을 살았다면
인간으로 어찌 백년을 못 살까 싶다

남녀가 부부로 사는 삶이
하도 그리워서 그렇게도 부러워서

세월의 강 하류에 꼬리를 떼어 던지고 독을 버리고
한 송이의 백목련으로 피어나
강나루에서 꿰찬 남자의 아이를 낳아준 여자

거미처럼 사마귀처럼
사랑이 끝나는 순간
분명 꿀꺽 삼켜버릴 것이라는 공포의 손에 끌려
법사를 따라 절로 도망친 남자

죽을 각오로 찾아 나선

시퍼렇게 날 선 거대한 증오를 칼집에 다시 집어넣고

승리한 사랑에 손을 번쩍 치켜 올려준

여자의 아름다운 에로스

* 백사전 : 중국의 무형문화유산으로 강소성 단원들이 고창 '문화의 전당'에서
  직접 공연한 작품.

요양원 다녀오는 길

이 세상과 저 세상이 이어진 곳으로
찾아가는 길, 자주 가도 매번 낯이 설다

찬바람이 콜록콜록 잔기침하며 입을 싸매고 가는
외진 길섶, 시득시득 말라가는 구절초 꽃잎에
지난밤 서리와 섞여 내리던 별빛이 희뜩희뜩한데
발소리에 놀란 새 몇 마리 푸드덕 날아오르고

남창 가에 날개 접고 웅크린 나비들이
옹기종기, 어깨마저 처진 한 폭의 정물화를 들어다보면
굽은 등에 주글주글 늘어진 외피들이며
바라보기만 해도 그저 서글퍼지는 우련한 눈빛들

거동이 좀 괜찮다는 몇은
어젯밤에도 보퉁이 하나 머리맡에 싸놓고는
안골 할메는 엄마가 내일 데리러 온다고
무실 할메는 친정 엄마 생일 쇠러 간다고
뽀스락뽀스락 잠 못 이루는 침상 옆에

피골이 상접되어 가자미처럼 누워버린
손목을 붙잡고 완곡어법으로 아들이 물었다
"내가 누군가요"
…… "뒷개 아자씨"
자꾸자꾸 누구냐고 물으니, 귀찮았던가,
…… "몰라"
그리고는 머쓱하게 웃는데, 참 공허하다
간병인이 끼어들며
"들락날락하는 불이 지금은 나갔네." ……

두 손으로 꽉, 쥐어 본다
온기도 힘도 빠져나간 손은 차고 무력하다
어떤 함의도 찾을 수 없다

사실 인연의 끝은 늘 허망하다지만
'아직은 아닐 거라'
만성가슴앓이인 양 진통제 한 알 꿀꺽 삼키며
빈 몸을 끌고 돌아오는 길이 천근만근인데

붉은 노을에 새털구름이 참 곱다.
젊은 시절의 그 꽃처럼

개꼬리

요즘 애완견은 단미로 몸을 치장하곤 해서
순수한 개꼬리는 잡견의 꽁무니에서나 볼 수 있다

사나운 이빨 앞에서 사타구니 사이로 감추거나
밀어붙이며 힘의 옆구리에 눌려 비굴하게 내려뜨리는
소리 없는 복종

털끝 하나까지 빳빳하게 치세우거나
하늘 쪽으로 감아올리고 군왕처럼 추종자를 끌며 거침없는
위력적인 점령

별을 몇 개씩이나 달고 번쩍거리며 무한 질주하다가도
때로 혼자일 때는 축 늘어뜨린다.
그렇게 우울할 때가 있다. 꼬리를 올리고만 사는 개도

올리느냐 감추느냐, 상황 결정의 현장에는
핏물이 대지를 적시고 비린내와 처절한 상처에
슬슬 기는 놈이 생기기 마련인데
어디 개들만 그러는 거냐.

아예, 싸울 엄두도 못 내고 꼬리를
없다는 듯 감춰버리거나 질질 끌며 내려버릴 때도 있다
무혈항복의 상형문자다

개는 꼬리로 말한다.
깡깡 하게 말아서 될수록 높이 치켜세우는 게
살판나는 개들의 개판이 아닐까

세상은 개가 꼬리를 흔드는 게 아니라
더러 꼬리가 개를 흔든다.

해탈

당산나무 고목에 껌딱지처럼 붙어
목이 터지게 청춘을 울어쌓던

쓰르라암 쓰르라암
애간장을 태우다 못해 제 뱃속을 쥐어짜며
여름 한 철 기차게 울던 쓰르라미

허리에 복대를 차고도
내려놓지 못하는 아버지의 노동처럼

부처의 연화좌 아래 꿇어앉아
밤낮없이 목탁을 두드리는 수도승처럼

징글징글 울어대던 그 울음 끝난
그 자리에 벗어두고 간
동동 매달린 쓰르라미의 허물 하나

아니 온 듯 다녀가세요

도솔암에서 내원궁으로 오르는 길목
짧은 문장 하나, 담쟁이 잎처럼 누렇게 붙어있다

'아니 온 듯 다녀가세요.'

참선 하는 곳이니 고성방가 말고
귓속말로 대화하며 서풋서풋 걸으라나보다

아니다, 쓰레기는
아무데나 버리지 말고 되 가져가라는 거겠지

'아니 온 듯 다녀가세요.'

그 옆에 검은 재가 수북한 영가소각장을 바라보니
그게 아닌 성만 싶다

갈 때는, 아조 떠날 때는
세상에 어떤 흔적도 남기지 말라는 말 아닐까

선운사 동백꽃

선운사 뒤꼍에 동백화는
이래저래 저절로 핀 그냥 동백꽃이 아니라
송이마다 화불花佛이라

천년 목탁소리와 조석 예불로
은하의 수많은 별처럼 우러름 머금고 피어난
붉은 가사가 잘 어울리는 삼천만 불
꽃들 중에 화불花佛이라

복전이 무슨 필요 있으랴
대자대비 붉은 미소 가득한 생불이라
눈빛 진하게 마주 부딪치다가
숨이 꽉 막히게 가슴 가득 따 담으면 되지

선운사 뒤꼍에 동백화는
묵언의 말씀 사철 푸르게 펄럭이는 잎들의
기도로 핀 화불花佛이라

도솔암 내원궁*

입산했다 해도 그냥은 못 들어서는 곳

한 발 올려 세속 하나 내려놓고

또 한 발 올려 고뇌 하나 또 걷어내고

한 발 한 발 올려 하나하나 지워가며

백팔 번 올라서며 백팔번뇌 털어내야

암반대석에 펼쳐진 부처님의 위요圍繞에

들어설 수 있는 도솔암 내원궁

* 도솔암 내원궁 : 고창 선운산에 있는 암자.

사유四有*체험

어디서 어떻게 왔는지
저물도록 풀 수 없는 어려운 수수께끼지만
모태로부터 삶을 받는 순간
몸을 내 놓으며 '으아' 하고 첫 울음을 울었을 거다.
너도, 세상을 시작한다는 걸 알린 셈이었겠지

몸에 대한 집착이 없다면 죽음도 없다는데
몸은 지수화풍地水火風으로 만든 거푸집이라는데
몸이 나요, 몸이 없으면 내가 없는 거나 마찬가지라고
몸에 좋다면 그렇게 독한 것들도 찾아들고
몸이 어쩌다 혹 잘못 될까 벌벌 떨면서
몸을 위한 업보만 평생을 두둔하여 쌓다가

의식을 단절하고 이세도 내세도 아닌 관속으로
'죽음은 변화다' 라는 가설의 증명을 위해
너는, 죽음의 방으로 걸어 들어가 고요히 눕는다.

어디로 어떻게 가는지
다음 생을 배정 받는 대기소의 사십구일 간

몸을 벗어난 업식業識들이 물살 급한 강물에 낙엽처럼
축생의 자궁으로, 지옥이나 아귀나 극락으로
업보에 따라 갈라져 가는 걸
너는, 바라보면서 멍해지고 있다.
물에 젖는 솜처럼 점점 무거워지면서

* 사유四有 : 윤회輪廻의 일기一期로 생유生有, 본유本有, 사유死有, 중유中有를
  말한다.

모나드(Monad)의 세계사

전형철(시인·서울여대국문학과 초빙강의교수)

한 존재의 세계사世界史가 있다. 한정된 시·공간에 의해 구획될 수밖에 없는 태생을 가진 인간이란 존재의 고투의 이력이 있다. 그리고 그것을 관통해 있는 어떤 정신을, 스스로의 궤적을 그는 "나의 포트폴리오"라고 이름 짓는다. "포트폴리오"가 함의하는 바에 의하듯 그것은 한 존재의 경력증명서이며 개인의 아카이브(archive)이며 시인의 예술가적 자기 사전事典이며 방언집方言集이다. 구성이란 의미에서 논리가 개입되지만 우리가 주목해야 할 것이 그러한 세계를 구성하고 있는 실체적 인자이다.

라이프니츠는 이것을 모나드(monad)라고 명명했다. 모든 복합체는 단자의 집합이며 이 단자는 이미 있었던 소여所與되었던 것들의 총칭이다. 모나드는 일반적인 상호작용을 하지 않지만 자신의 원칙에 따라서만 활동하고 갱신한다. 활동하는 힘, 그 실체가 모나드인 셈이다. 그리고 모나드는 서로 충돌하지 않고 조화를 이룬다. 이러한 라이프니츠의 예정조화의 개념은 모나드의 원리를 고려하고 과거, 현재, 미래의 모든 모나드들이 상응하도록 하는 배열과 배치에 초점이 있다. 모나드는 세계와 우주의 반영이자 거울이다. 세계는 모나드로 이루어져 있으며 모나드에 의해서만 만물은 표현될 수 있다. 이력과 전망이란 시인의 포트폴리오와 신神과 모나드들의 배치라는 두 명제항은 박종은 시인의 시에 마침맞게 대위되며 시인의 시집을 톺아보는 청사진을 제공한다.

그리고 어쩌면 단독자로 존재하고 있을 이 포트폴리오의 실체를 세 가지 모나드로 살피고자 한다.

1. 운명에의 고투와 즐풍목우櫛風沐雨

단자들의 배열에 신의 역할은 매우 주요한 필요충분조건이지만 사실 또 하나의 우주이자 정부政府인 시인의 시세계에 있어 시인은 주재자에 다름 아니다. 그러나 시인은 불가지不可知의 영역이 아닌 지난한 지각知覺으로부터 출발한다.

> 밥에 비기랴, 사람보다 하늘 쪽의 계급장을
> 밥에게 결코 밀릴 수 없는 군번인데도
> 밥이 식솔들의 명줄을 쥐고 있다는 이유하나로
> 밥에게 우선을 내주던 너
> 밥벌이 전선의 야전사령관직에서 물러나니, 그제야
> 밥을 제치고 가슴으로 뛰어드는
> 밥보다도 고소한 사랑, 품어 안고 있을 때면
> 밥 몇 끼 걸러도 별로 생각이 없네.
>
> ― 「서시」 전문

시집의 출발인 "서시"에서 시인은 밥이라는 모나드를 발견한다. 그리고 이 밥은 시의 앞부분과 뒷부분에서 전혀 다른 역할을 한다. 간접적 상호작용의 A모나드와 B모나드가 역전되는 것이다. 시를 쓰는 것과 같은 모든 작술(literacy) 행위는 처음에는 "식솔들의 명줄"에 의해 우선권을 획득하게 된다. 밥이 주체적 능동이라면 쓰는 것은 수동적이고 전자에 의해 종속되거나 수동적 위치에 처하게 된다. 그러나 이러한 배열은 시인이 "전선의 야전사령관직"에서 물러난 후 도치된다. 퇴임이라는 하나의 사건이 새로운 국면을 낳게 되는 것이다. 이후 시인은 "밥"을 몇 끼걸러도 생각나지 않을 만큼 가슴으로 뛰어드는 사랑을 품어 안고 있다. '시를 쓴다'라든가 '시'라는 직접적인 노출을 문면文面에 하지 않고 괄호치기(brackrting)한 것은 어떤 까닭일까? 어쩌면 시인은 시라는 모나드에게 여전히 미안함을 가지고 있는 것이 아닌가 마냥 호사로운 취미의 딜레탕티즘(dilettantism)이 아닌 시를 모⊕우주의 주체적 모나드로 삼고자 하는 태도의 겸양과 운명에의 고투의 흔적은 아닐까?

　그리고 그것은 "살아간다는 것은/그 운동회 날의 장애물경기"(「장애물경기」)라는 뼈아픈 인식으로부터 비롯된다.

　　완전한 문장이고 싶었다.

　　주체적인, 눈부시게 휘날리는 주어가 되어
　　같은 뜻을 가진 동지들이 인산인해를 이루는 목적어에
　　그럴싸하게 삶을 풀어내는 서술어까지
　　힘 없이 갖춘 문장

언감생심이었나. 의미 있는 낱말에 붙어
뚜렷한 조사 역할이나 해 봤던가?

감탄사는 몇이나 뽑아다 즐겼으며
의구심 앞에서 물음표 하나도 제대로 세우지 못하고
긴 세월을 헌 연장 하나로 시간이나 쪼고 앉아서
마침표마저도 때맞춰 찍지 못하는 우유부단

불완전한 문장이었다.

— 「나」 전문

  시인은 "완전한 문장"을 꿈꾸었다. 사실 쓰는 자에게 있어
이토록 가슴 저미는 고백은 없을 것이다. 자신의 생과 시를 쓰
는 행위를 메타적으로 결부시킨 이 시는 시인의 시 중 가편佳篇
이라고 아니할 수 없다. 주체적이며 조화를 꿈꾸고 그것을 온전
하게 풀어내려는 의지 앞에 시인은 "언감생심"이라는 회억回憶
을 부려놓는다. 설령 시인의 삶이 그러하지 않더라도 "긴 세월
을 헌 연장 하나로 시간이나 쪼고 앉아" 있었다 하더라도 스스
로를 "불완전한 문장"이라고 지칭하는 태도는 스스로를 소인
으로 낮추는 군자君子의 한 편향을 보여준다. 그리고 이것은 즐
풍목우櫛風沐雨의 삶을 온몸으로 오롯이 살아온 모나드의 집합
체인 우주이자 존재로서의 웅숭깊은 모습이다. "틀에만 맞춰
살 수 없"(「틈」)었던 '통채로 색칠하고, 단속'(「본색」) 했던 운
명에의 예감과 단속이 고스란히 묻어나고 있는 것이다.

2. 세계애(Amore mundi)의 호명과 별자리들

박종은 시인의 시에 도드라진 두 번째 모나드는 세계에 대한 끊임없는 그리고 내남 없는 호명과 애정을 부여하는 데 있다. 자신을 그토록 가열차게 담금질한 생生이 외부로 그 시선을 돌릴 때 각각의 대상은 또 다른 조화와 배열을 이루게 된다. 이러한 시인의 여정은 북두北斗를 중심으로 한 새로운 별자리를 만든다.

> 엄마별과 아기별이
> 꼬옥 껴안고 곤한 잠에 들었다.
>
> 알아보는 사람 없는 곳으로
> 눈치 빠른 여우처럼 찾아와 방랑의 여장을 푼
> 낯선 찜질방
>
> 저마다 싸들고 온 사연 풀어헤치느라
> 시끌벅적한 은하의 한쪽 귀퉁이
>
> 아빠별을 만나나
>
> 엄마별과 아기별이
> 빙그레, 웃음꽃 한 송이씩 피운다.
>
> ─ 「떠돌이별」 전문

시인의 오랜 직업 때문이었을까 시인의 시에는 작고 여린 것들에 대한 따사로운 관심이 곳곳에 묻어난다. 시인은 찜질방을 하나의 커다란 우주 하늘로 바라보고 있다. 찜질방엔 아무도 알아볼 수 없는 곳으로 방랑 온 아기와 엄마가 하루를 쉬어가려 잠들어 있다. "방랑의 여정"이라는 표현에서 우리는 "저마다 싸들고 온 사연"을 풀어헤치는 일상적 삶과는 다른 자리에 아기와 엄마가 존재해 있음을 알 수 있다. 어쩌면 가난이 어쩌면 삶의 신산辛酸이 그들의 정체를 훼손했을 것이다. 그럼에도 이 시가 우리를 울리는 것은 그들이 잠속에서 "아빠별"을 만난다는 시인의 진술 때문이다. 엄마별과 아기별의 미소를 통해 부재의 존재가 꿈에서나마 현현되고 있다는 믿음이 이 시를 빛나게 하고 있다. 아픔 속에 피어나는 이 찬연한 별자리를 시인은 담담하게 우리에게 전해주고 있는 것이다.

가랑비 오는 날
우산 밑으로 옛날 생각이 줄줄 새어서는
속까지 깊이 젖어 움직일 수도 없는데

꿈푸른유치원 통학버스가 지나간다.

그 안에는 꿈들이 가득할까
모판처럼 꿈들은 푸르게, 푸르게 자랄까

꿈푸른유치원 통학버스가 지나간 한참 뒤에도
가랑비는 내리고 생각은 이어지고

검은 우산을 쓴 사람 그대로 서 있다.
— 「유치원 통학버스는 지나가고」 전문

시인은 통학버스를 바라보고 있다. 비가 오는 날이고 그 유
치원의 이름은 "꿈푸른유치원"이다. 그것이 실제로 존재하느
냐 존재하지 않느냐는 여기서 중요한 것이 아니다. 시인은 가
랑비 내리는 날 옛 생각에 영혼의 깊은 곳까지 젖어 있다고 한
다. 그러나 통학버스가 지나가는 장면 하나가 이 시를 읽는 우
리를 또는 시인을 각성하게 만든다. 푸르게 자라날 아이들에
의해 우리는 "모판처럼 꿈"들이 푸르게 피어나는 세계로 더불
어 이행하며 가랑비는 어느새 그 기능을 달리하게 된다. 이제
검은 우산을 쓴 사람은 그대로 서 있으나 그는 통학버스가 지나
기 전과 달라져 있다. 버스가 지나감은 우주를 흔드는 전환적
빅뱅(bigbang)으로 시에 작용하고 있다. 이전의 것과 이후의 것,
그 연계와 새로운 우주의 연쇄가 이 시에 담겨 있는 것이다.

이와 같은 시인의 세계와 대상에 대한 애정은 이름을 달리하는
수많은 호명(「오! 명태」)을 바탕으로 "가슴이 미어지도록 보듬고
포옹"하며 "온 힘을 다해 다독다독 묻어두는"(「엄마거북이」),
하여 "흙수저를 쥐어줘서 미안하다"고 고백에 이르는 호모 키
비쿠스(Homo civicus)의 오블리주(oblige)의 전형을 보여주고 있다.

3. 문지극조文之極組의 교감술

박종은 시인의 세 번째 노마드는 문지극조의 정신이다. 극조

는 말 그대로 핵심이라는 뜻이다. 유협의 「문심조룡」에 기원한 말이지만 기실 앞서 기술한 노마드와 극조는 통하는 바가 없지 않다. 더구나 시인의 시세계는 활방원물活方原物하여 근원에 대한 탐색이 격조 있고 근기根基가 있다. 자연현상과 사회현상의 원체를 도道로 보는 동양적 관점에 기인한 시인의 시는 물질 자체에 대한 깊은 통찰로 새로운 교감의 통로를 연다. 그것은 때로는 세계의 기본이 되는 실체적 접근의 모나드적 상상력의 외피를 입으며 동시에 영혼에 훈습된 불이不二의 정신에 기반하기도 한다.

> 아침보다 좀 부지런하게 기상나팔을 불면서
> 스케치해 온 밑그림에 첨삭을 하다가
> 밤새 뻣뻣하게 굳은 사대육신을 부드럽게 풀어주는
> 식전 스트레칭을 어제처럼 가볍게 마치고
> 올리브유에 튀긴 토마토와 브로콜리
> 유산균 발효유에 견과류를 버물려 초장初章의 운을 떼고
> 읍성 소나무숲길을 느리게 산책하며
> 새들 중심의 자연음악과 꽃의 미소로 힐링하고 돌아와
> 기다리는 낮은 의자에 활짝 편 얼굴을 내다 앉으며
> 오늘의 꾸러미를 뒤적여 이리저리 가닥 추려 사리다
> 어디선가 정오를 알리는 뻐꾸기가 울면
> 곰삭은 단골집에서 허물없는 사람과 마음에다 점을 찍고
> 밖이 환히 보이는 둔각의 커피숍 창가에서
> 아메리카노 찻잔에 한낮이 나른하게 졸면 잠시 따라 졸다가
> 하다 만 일 또 한나절 다시 붙잡고 되작거리다

저녁 모임에 그들과 나란히 구두를 벗어두고

노랑때까치처럼 떠들다가 함박꽃처럼 웃어대다가

조금은 얼얼하게, 얼큰해서 발 가볍게 돌아와

저녁 아홉시 뉴스는 안방에서 드러누워 보는 거

그러다 내일의 날씨까지 미리 알고서는

어둠을 불러 끌안고 꿈 없이 곯아떨어지는 거

　　　　　　　　── 「하루치의 희망」 전문

　이 시는 소요유逍遙遊의 한 국면을 그리고 있다. 그런데 이 시
가 값진 이유는 그것이 고래의 유형화된 도道의 현현인 소요유
에 그치지 않고 21세기의 새로운 소요유를 보여주고 있다는 점
이다. 공간의 이동이 아닌 삶의 이동과 그로부터 비롯된 삶의
전유가 일방적인 만족에 귀거래歸去來에 그치지 않고 시인은 삶
의 시름 한 자락을 시에 부려놓고 있는 것이다. 아침을 맞이하
고 고창의 읍성을 돌며 시간에 꼭 맞는 일상을 영위하는 시인
의 모습은 흡사 칸트(I. Kant)를 떠올리게 하지만 "나란히 구두
를 벗"고 "함박꽃처럼 웃"으며 "가볍게 돌아와" "꿈 없이 곯
아떨어지는" 것은 21세기 복잡다단한 삶을 마주하고 선 새로운
선비의 모습을 보는 듯하다. 특히 "내일의 날씨"를 미리 알고
잠을 청하는 모습은 그러한 삶에 대한 신독愼獨의 모습을 보인
다. 매화의 안부를 걱정해 물을 주라던 퇴계의 모습과 라임 향
기가 맡고 싶다던 이상의 모습이 오버랩 된다. 결국 이는 시인
이라는 예술가와 인간이라는 존재가 하나의 조화를 이룰 때 빚
어 나오는 절창의 한 시편이라고 할 수 있다.

당산나무 고목에 껍딱지처럼 붙어
목이 터지게 청춘을 울어쌓던

쓰르라암 쓰르라암
애간장을 태우다 못해 제 뱃속을 쥐어짜며
여름 한 철 기차게 울던 쓰르라미

허리에 복대를 차고도
내려놓지 못하는 아버지의 노동처럼

부처의 연화좌 아래 꿇어앉아
밤낮없이 목탁을 두드리는 수도승처럼

징글징글 울어대던 그 울음 끝난
그 자리에 벗어두고 간
동동 매달린 쓰르라미의 허물 하나

—「해탈」 전문

　흡사 한 편의 좋은 하이쿠를 보는 듯하다. 시인은 고목나무에 붙어 한 철의 울음을 좇는 쓰르라미를 묘사하며 인간의 한 삶을 부려 놓는다. 청춘의 뜨거운 시절에서 뱃속을 쥐어짜며 무언가를 열망했던 시간의 군집까지. 그리고 그 속에 인간의 보편이 추구하는 '노동勞動'과 '수도修道'라는 양면의 모습까지 하나의 시로 끌어안는다. 또한 시인은 쓰르라미의 허물 하나를 보며 그것이 해탈이 아닐까 묵묵하게 자문하고 있다. 벗어나 다른 무엇이 '−되기'가 아니라 그 흔적을 묘파함으로써 쓰르라미의 울음처럼, 아버지의 노동과 수도승의 밤낮 없는 수행 그 자체가 해탈임을 시인은 말하고 싶었던 것이리라.

시인은 "생각은 밖에 있고/ 발길만 대문 앞에 이르렀나"(「호버링」)고 말한다. 그리고 "해 먼저 잠자리에 들여보내고서야"(「늙은 저녁의 일기」) 빈손으로 귀가한다. 저녁이 오는 것처럼 이 시집을 들고 있을 우리들에게도 그 저녁은 오고 말 것이다.

스스로의 삶을 무시로 돌아보며 여전히 끝나지 않을 포트폴리오를 작성하고 있을 시인의 모나드는 인드라(Indra)의 망網처럼 예정되지 않은 예정조화를 구현하고 있다. 그리고 이것은 새로운 기원(Origin)의 시작을 알리고 있다.

"쉼표가 많은 문장처럼"(「쉼표가 많은 문장처럼」), '내일의 출장 보고서'를 들고(「토요일」).

모국어 밭에서 서정 일구기와 존재 찾기

김봉군(문학평론가·카톨릭대학교 명예교수)

I. 여는 글

미당 시인 생전에는 선운사 동백이 더 붉었다. 질마재 신화도 사원 자리에 박종은 시인의 판소리, 육자배기가 흥을 일군다. 동백꽃 남은 향기가 신오위장 옛터를 맴돌다 박 시인의 『나의 포트폴리오』에 스몄다. 거석문화의 고장 고창에 한 귀한 시인이 숨어 산다. 주머니 속의 송곳 박종은 시인 말이다. 그는 이미 시집 일곱 권을 내었다.

이번 제8시집에 실린 시 70편은 모두가 수작秀作이다. 말치레가 아니다. 박 시인의 시업詩業이 진경眞景에 들었다는 뜻이다. 여기서는 이 시편들의 특성을, 모국어·향토어의 기능과 보편성 넘보기, 기법, 자연 표상과 서정, 의미 찾기의 네 영역으로 나누어 살피기로 한다. 관점은 분석주의적 시각에 역사주의적 엿보기를 가붓이 수용한 쪽에 둔다.

II. 박종은 시의 특성과 보편성

한 작가의 존립 근거는 작품의 유일성 여부에 있다. 그 유일성은 창조적 표출의 다른 일컬음이고, 개성 논의의 출발점이 된다. 좋은 작품은 짙은 개성과 시간을 초월하는 항구성, 세계인 독자들이 공감하는 보편성을 갖게 마련이다. 『나의 포트폴리오』는 이 관문 앞에 자리해 있다.

1. 모국어·향토어의 묘미와 보편성 넘보기

말은 쓰여야 하고, 시는 읽혀야 한다. "사전은 단어의 시체가 매장된 공동묘지다." 20세기 언어학자 '시미언 포터'가 그의 저서 『현대 언어학』에서 한 말이다. 시는 읽혀야 한다. '시인 ～텍스트～독자' 간의 역사적 소통dynamic communication 현상이 일어나야 텍스트는 비로소 '작품'으로 클로즈업 된다. 이것이 문학현상literary phenomenon이다.

시 창작이란 언어의 시적 질서화다. 이 질서 속에 어떤 어휘를 동원하느냐가 시의 질을 좌우한다. 박종은 시인은 굳이 탁발한 기상奇想Conceit에 기대기보다 체화體化 된 시적 상념 속의 시어들을 구사했다. 모국어, 향토어의 진수眞髓 말이다.

> 갓 쓴 지붕의 창고에 토종을 쏟아내며
> 윙윙 노래하는 참봉처럼
> 맨발의 구인蚯蚓들 참흙 뱉어내며
> 뽀글뽀글 노래한다.

「텃밭에서 듣는 노동요」다. 다양한 모국어가 동원 되어 있다. 갓 쓴 지붕, 참봉, 구인, 참흙 등은 찰진 모국어다. 의성어 윙윙, 뽀글뽀글이 실감을 돋운다.

한 발짝 움직이지 않아도 실컷 먹을 수 있으니
아, 대박이다. 대복이 터졌다 했지

놀다 처다보다 벌러덩 뒤로 넘어지니
뒤집지 못하는 한 마리 풍뎅이다

「후회」(전 6연 중 2, 6연)다. 대박, 대복, 벌러덩이 감칠맛 나는 모국어다.

파도 잠잠하면 독살로 해어를 잡아 올리고
그리운 사람보다 더 그리운 바다 건너 뭍을 사모하는
애달픈 노래로 산비탈에 일궈놓은 구들장논과
구불구불 구부러진 돌담길에 옛집들
나비야, 추억의 의자에도 좀 앉았다 가자

「나비야, 청산도 가자」(전 5연 중 제4연)다. 섬 고장 특유의 향토어들이 정겹다. 보통어, 표준어 기세에 숨죽인 사투리, 토속어는 문학인들이 발굴하여 쓰고 되살리는 노력이 요구된다. 박종은 시인이 그 앞자리에 설법하다. 정감이 뚝뚝 듣는 전라도 말, 우악스러우나 털털한 경상도 말, 끈기 있고 여운 부드러운 충청도 말, 투박하나 순진무구한 강원도 말이 그립지 않은가?

김영랑, 이상화, 정지용, 홍명희, 김유정, 이효석, 오영수 등 선배 문인들이 돋보인, 앙그러지는 토속어 말이다.

늦여름 그 애네 집 아랫목에는
가끔 작은 항아리가 이불을 둘러쓰고 있었어.
푸릇푸릇 땡감을 따다가 뜨뜻한 소금물에 우려
떫은맛을 빼내고 단맛을 들인 침시沈柿를
놀러 나올 때마다 입에 물고 나오곤 했지

「감」(전5연 중 제2연)이다. 회상의 유년 적 공간에 그리운 모국어들이 감동적 질서를 이루고 있다. 침시, 건시乾柿, 장시醬柿가 함축된 서정과 의미가 그리움을 환기한다.

이제 이들 모국어의 시적 기능이 인류 보편적 공감력을 확보하느냐 하는 문제가 남는다. 외국어로 번역할 경우를 상정想定할 필요가 있다는 뜻이다. 이는 한강의 소설 〈채식주의자〉가 본보인 번역시의 '맥락적 변이contextual variation'로 해소될 문제다. 이질적 외국인 독자와의 문학 현상론적 소통 문제까지, 박종은 시인에겐 관심사일 수밖에 없다.

2. 자연 표상과 서정

한국 전통 시가의 주류는 자연 서정 표출이었다. 자연 아래나 자연 속의 서정적 자아의 목소리에 젖어 있었다. 1930년대 모더니즘 시마저 자연 서정 지향성을 보여 왔다. 이에 대한 박종은 시의 표정은 어떤지 궁금하다.

꽃 열차를 타고

한겨울 화로 속의 뜨거운 숯불처럼

이글거리며 타오르는 동백역을 출발하여

희끗희끗 아직 다 못 떠난 겨울과 함께

한밤의 별빛처럼 은연한 매화역을 경유하고

겨울의 껍질을 확실하게 깨고 나온

노란 병아리들 종알종알 대는 산수유역을 거쳐

가시처럼 찌르며 파고들던 꽃샘바람 도닥이며

숨차게 달려온 남녘의 완강한 봄을

청명과 한식을 배웅하고 난 며칠 후

가슴 철렁하게, 맞닥뜨렸다

겨울 눈꽃보다도 더 새하얗게

폭설을 뒤집어썼구나!

옥수수 튀밥 튀듯 대번에 터트려 한세상을 휘어잡은

벚꽃들의 천하

또 며칠을 호령하려는가?

사월의 황제여.

「벚꽃」이다. 다소의 비유적 이미지가 곁들였으나, 대체로 서술적 이미지 표출 기법에 의존한 시다. 제2연의 표상에 도달하기 위한 제1연은 스토리텔링 기법처럼 계절의 이동 표상이 동영상인양 선연한 움직임을 보여준다. 서정은 영탄이나 직설로 표출되는 대신 표상들이 함축되어 있다. 간접적 서정 소통 방식이다. 이런 방식에서 끝나지 않는다.

모노레일을 타고 들어간 십리화랑의

　　기이한 두루마리 풍경은 수십 쪽에 걸쳐 끝없이 펼쳐지고

　　천자산 높은 절벽을 단숨에 올라채는 백룡엘리베이터는

　　세계 최고의 높이를 자랑하느라 초고속으로 뛰어오르고

　　두 개의 천연 석판으로 이루어진 '천하제일교' 해설에는

　　일찍이 구름 속을 거닐던 신선들의 영역을 인간이 빼앗

　았다고 썼다

　　누구도 정신을 가누지 못할 정도로 아름답다는

　　미혼대의 꿈속 같은 기암절벽은 무릉도원에 드는 절경이라

　　동굴 속의 동굴, 동굴 속의 산, 동굴 속의 강토가족 소녀

　와 소년이 부르는 노래 황홀하다 못해 애잔하다

　스물석 줄 전 3연으로 된 「책, 장가계 편」 제2연의 열일곱
중 가운데 열두 줄이다. 절경의 '중국 장가계'를 관광하면서
느낌을 마치 책을 읽는 것처럼 쓴 것인데, 진경산수화眞景山水畵
를 동영상으로 보듯 역연歷然하다.

　　잘 익은 가을대추같이

　　통통하고 탱탱한 몸에

　　어울리지 않는 초미니 날개로

　　퍼덕퍼덕, 쉴 새 없이 퍼덕이는 날갯짓

　　온몸에 노란 꽃가루를 뒤집어쓰고

　　눈총도 아랑곳없이

　　체면쯤이야 불고하고

　　풍만한 호박꽃 속만 휘젓고 다니는

저 염치없는 놈

「호박벌」이다. 살아 있는 생명체의 동태를 직설적으로 그려 보인다. 표상이 역동적이다. 넌지시 작은 해학으로 마무른 솜씨가 여유롭다.

집어삼킬 듯 달려들며 멍들게 하는 성질머리나
햇볕이 좋은 날 늘어지게 하품이나 하는 게으름을
내색 없이 품어주는 세상의 엄마

쓴 것 단 것 독물까지도
모나고 비틀어지고 떨어져나가고 찌그러져도
혼탁하고 더럽고 썩어빠져도
아예 뜯어먹겠다, 속에 들어와 애간장을 훑어도
뭍에 시달린 강물이 치마폭에 구토하며 늘어져도
일곱 번 아니라 일흔일곱 번 더 용서하고도
낮은 자리로 내려앉아 그 넓은 치마를 펴놓고는

「바다」(총 4연 중 제1,2연)다. 바다가 무한 포용의 윤리적 표상으로 뜻매김 되었다. 졸업식 노래나 구상 시인의 「강」에 담긴 아포리즘aphorism이기에, 시인은 구체적 표상들을 연쇄적으로 열거하고 강조함으로써 작품의 유일성 훼손의 위기를 넘기고 있다.

박종은 시의 자연 표상은 역동적이고, 서정은 일본인 '야나기 무네요시柳宗悦'가 지적한 비애미를 극복했다. '애잔하다'는 직설적 표현이 있으나, 그로 인하여 박종은 시의 심미적 위상은 비애미 쪽에 놓이지 않는다. 자연 표상과 그 서정은 전통 미학의 창조적 계승에 갈음된다. 박종은 시인은 자연 표상화 기법의 신경지를 개척했다.

3. 기법

박종은 시인의 작품에 동원된 기법들은 서정의 문학 현상론적 공유와 의미 구축화의 화학적 융합성을 보인다. 이는 숙련된 시인이 누리는 시학적 승리에 갈음된다.

⑴ 리듬 감각

모더니즘시, 기호시, 하이퍼시로 대표되는 근·현대시는 탈리듬의 산문화 지향성을 보인다. 이는 시와 독자 간의 간극을 심화한 불상사 중에 큰 몫을 차지한다.

리듬은 생명의 원동력이다. 시가 문학의 원초적 장르인 것은 리듬 때문이다. 그럼에도 현대시가 리듬을 소거하는 것은 비생명적 일탈이다. 현대시의 리듬이 정형성을 띠지 않아서 현대적이라면, 시인이 개별 작품을 창작할 때마다 개성 있는 리듬을 부여하면 된다.

탕! 신호총소리에 잽싸게 튀어나가
무릎보다 높은 허들을 뛰어넘고
땅바닥에 딱 달라붙은 그물을 헤치고 나가서
가슴 높이의 뜀틀도 뛰어넘어가서는
앞구르기로 두어 바퀴 굴러

휘청 휘청 휘청대며 달려가던
잊혀 지지 않는 어린 시절의 운동회

(2개 연 생략)

사는 거란
장애물 경주
통과하는 묘미를 즐기는 것

「장애물 경주」 첫 줄은 '탕! 신호총소리에/ 잽싸게/ 튀어나
가' 와 같이 4음보 리듬으로 읽힌다. 끝 연 두 줄은 '사는 거
란/ 장애물 경주/ 통과하는/ 묘미를/ 즐기는 것/처럼 5음보다.
서정과 의미의 맥락에 따라 자유자재로운 것이 현대시의 리듬
이다

검푸른 바다 우르르 떼 지어 횡단하다 함경도 명천 태 서
방에 붙들려
얻은 이름 명태. 대대로 동해에서 오츠크해로 알라스카
로 북에서 북으로 한류 타고 유목하는 명태족

「오! 명태」(전 7연 중 제1연) 다. 4음보 5음보가 혼합되어 쓰인
다. 각 음보의 불규칙한 음수율들이 불규칙하게 배열되면서 호
흡과 어조가 급박하다. 박종은 시인의 작품들에 깃들인 서정적
자아가 분출하는 역동성이 작용해 있다.
(2) 반복과 열거

반복과 열거는 서정과 의미를 강조하는 강조의 레토릭이다.

　　억지 생각 하나를
　　달랑 챙겨 넣은 가방 하나 메고
　　지금은 여행 중이라네

　　풀잎 하나에서 새삼스러움을 만나고
　　낯선 지역을 헤적여 못 본 문장을 찾아 읽으며
　　광활한 우주로 로켓을 타고 떠나거나
　　은폐된 세계를 탈 은폐시키고자

　　민달팽이처럼
　　밋밋하게 멋없이 느려빠진 행마로
　　지금은 여행 중이라네.

「지금은 여행 중이라네」다. "지금은 여행 중이라네." 가 반복
되어 서정적 자아의 상태를 강조했다.

　　나비야, 청산도 가자
　　호랑나비야, 너도 함께 가자꾸나.

　　　(중략)
　　즐거우면 너울너울 춤을 추며
　　나비야, 청산도 가자
　　서편제 가락 구성진 당리 마을

언덕마루에서 바라보는 도락포구가 가히 일품이러니
나비야, 걸어서 가자

　(중략)
구불구불 구부려진 옛집들
나비야, 추억의 의자에도 좀 앉았다 가자

　(중략)
나비야, 청산도 가자.
호랑나비야, 너도 함께 가자꾸나.

「나비야, 청산도 가지」다. '나비야, 청산도 가자'의 반복과
그 변이형을 써서 청산도를 향한 노스탤지어를 환기한다. 여기
서 청산도는 전라남도 완도군 청산면 아름다운 섬 이름임을 넘
어선 '느림'의 고전적 미학을 되살리는 유토피아다. 박종은 시
인은 반복repetition과 변주variation의 음악 기법을 원용했다. 우리
민요 "나비야, 청산 가자, 범나비야, 너도 가자."의 패러디다.

　참지렁이, 붉은줄지렁이, 갈색낚시지렁이, 외무늬지렁이, 실
지렁이
　토룡土龍들의 다문화 세상

　명태, 조태, 낚시태, 원양태, 지방태, 이별은 여러 방식으로
찾아오고
　춘태, 추태, 동태, 사태, 오태, 막물태, 철 가림 없이 낯선 땅

어디론가 이주해서는

　선태, 생태, 노가리, 코다리, 북어, 짝태, 간명태, 황태, 먹태,
찐태, 낙태, 백태, 깡태, 파태, 골태, 무두태, 노랑태, 꺾태, 금
태, 왜태, 붕태, 또 다른 명찰 차고 제각각 떠나노니

「텃밭에서 듣는 노동요」와 「오! 명태」다. 지렁이와 명태를
실제와 상상력을 혼합하여 한참 동인 열거하는 기법을 구사한
시다. 박종은 시인의 어휘력과 상상력이 경이롭다. 지렁이도
그렇지만, 무슨 명태류가 이리 다채로운가. 판소리 사설이나
변사체 어조로 숨차게 열거하는 모습에 웃음기 어릴 독자들 얼
굴이 선연히 떠오른다.

　(전략)
　(중략)
　떫은맛을 빼내고 단맛을 들인 침시沈柿를
　놀러 나올 때마다 입에 물고나오곤 그랬지

　눈발이 하나 둘씩 빠지는 초겨울
　그 애네 집 벽장 속에는 물렁물렁하게
　잘 익은 홍시紅柿가 가득 들어서
　그 애네 할머니가 집을 비우기라도 하면
　들랑날랑 빼다먹곤 그랬어, 생쥐들처럼

　봄꽃들이 여기저기서 환하게 피어날 때
　머리가 허연 그 애네 할머니가

하얀 분을 바른 다디단 건시乾枾를

싸릿대꼬챙이에서 하나씩 빼주는 맛에 그랬을까

달랑달랑 심부름도 잘도 다녔지

(하략)

「감」이다. '그랬지, 그랬어, 다녔지'의 반복과 변이가 유사 행위의 연계적 상관도를 높인다. 아슴한 어린 시절이 구체적으로 재현되어, 역시 스토리텔링의 서사적 전개 양상을 띠며 독자를 이에 동참케 한다.

선운사 뒤꼍에 동백화

이래저래 저절로 핀 그냥 동백꽃이 아니라

송이마다 화불花佛이라

천년 목탁소리와 조석 예불로

은하의 수많은 별처럼 우러름 머금고 피어난

붉은 가사가 잘 어울리는 삼천만 불

꽃들 중에 화불花佛이라

(중략)

선운사 뒤꼍에 동백화는

묵언의 말씀 사철 푸르게 펄럭이는 잎들의

기도로 핀 화불花佛이라

「선운사 동백꽃」이다. '화불이라'를 수식하는 어구들을 변이

시켜 가며 선운사 동백꽃의 표상과 의미를 뜻 매기며 강조했다.

 (3) 비유

 비유는 사물과 사물을 유사성으로 묶어 정서, 표상, 의미를
한층 선명하게 표출하는 강조의 레토릭이다. 평범한 시의 비유
는 단순하고, 좋은 시의 비유는 다양하고 참신하다.

> 알아보는 사람 없는 곳으로
> 눈치 빠른 여우처럼 찾아와 방랑의 여정을 푼
> 낯선 찜질방
>
>   ― 「떠돌이별」에서

> 밀려나거나 배회하는 아웃사이더는 아니라서
> 떨어져나갈 일은 없겠지만
> 한가운데 있으면서도
> 중심이 되지 못하는
> 휘황찬란한 도시의 밤하늘에 손톱 달처럼 있으나마나 한
>   ― 「사이시옷」에서

> 노랑때까치처럼 떠들다가 함박꽃처럼 웃어대다가
> 조금은 얼얼하게, 얼큰해서 가볍게 돌아와
> 저녁 아홉시 뉴스는 안방에서 드러누워 보는 거
>   ― 「하루치의 희망」에서

> 옛날 외할머니 고갯길 넘어가듯

팔랑팔랑 흰나비 꽃밭을 날 듯
쉼표가 많은 문장처럼
                    ─ 「쉼표가 많은 문장처럼」에서

낡은 유리칼에 금강석처럼 박혀 있는 손톱
                    ─ 「손톱을 깎으며」에서

정한도 비워내고 이름도 지워서
허공 같은 그리움이나 담아
탱글탱글한 몸에 묶였던 연緣의 줄을 끊는다.
                    ─ 「풍선」에서

　위의 여섯 작품에 표출된 비유의 관점은 다양하다. '눈치 빠른 여우처럼', '밤하늘에 손톱 달처럼', '노랑때까치처럼 떠들다가 함박꽃처럼 웃어대다가', '흰나비 꽃밭을 날 듯', '쉼표가 많은 문장처럼', '유리칼에 금강석처럼 박혀 있는', '허공 같은 그리움',에서 볼 수 있듯이 비유의 매개어가 식물, 동물, 광물을 넘어 천체 미학에까지 미친다. 박종은 시인의 시적 상상력은 이처럼 다양하고 광범위한 대상에까지 확산적이다. 박종은 시가 표출한 참신한 비유는 무궁할 듯하다.

　　그 모정의 강바닥에서 건져 읽는 참게 껍질 같은 문장들
                    ─ 「칠포세대七抛世代의 독백」에서

　　외딴 빌라 앞 쓰레기 분리수거장을

하루에도 몇 번씩 유기된 고양이처럼 드나든다.

폐지 한 장이라도 지폐인 양

늘어 뺀 팔

짠한 전율이 여우비구름의 그림자처럼 스친다.

                                 —「그 폐지수거인」에서

    피골이 상접되어 가자미처럼 누워버린 손목을

                         —「요양원 다녀오는 길」에서

  비유하는 능력은 시인의 상상력, 그 깊이, 높이, 넓이의 가늠자이기에 많은 지면을 할애하였다. 「선운사 동백꽃」의 '송이마다 화불花佛이라', '꽃들 중에 화불花佛이라', '기도로 핀 화불花佛이라',등 진리 표출의 높은 은유는 이미 살펴본 바 있다.

  (4) 흥과 해학의 예술 감성

  흥과 해학은 삶의 활력소다. 비극적 상황에서도 소금기 없이 웃게 하는 것이 흥이요, 해학이다. 「춘향전」·「흥부전」은 물론 「심청전」에도 해학은 짙은 조미료 구실을 한다. 우리 고전문학 작품들 중에 비극적 결말을 보이는 것은 「운영전」한 편뿐이다. 모두 해학과 풍자가 깃들어 있다. 전라도는 흥과 해학과 신바람의 고장이다. 박종은 시인은 그런 고장 시인이다.

    땅 심 키우며 목청 돋우는 지선地蟬들의 합창

    들썩 들썩 마을 밖으로 울려 퍼지자

    여치 뛰어들고

메뚜기 날아들어 추임새 넣는다.

으이
조오치

— 「텃밭에서 듣는 노동요」에서

온갖 지렁이들의 토지 유기화 작용을 노동으로 승화시켰
다. 거기에 메뚜기의 추임새가 곁들여 흥이 인다.

먹이를 찾아 허덕이던 집쥐가
거대한 쌀독에 빠졌다. 로또에 당첨된 셈이다

(2개 연 생략)

드러누워 놀고먹으니 몸뚱이는 불어나고
쌀은 자꾸 줄어들었다
아차, 하고
바라본 하늘은 노랗다 못해 기우뚱 기우뚱
놀라 쳐다보다 벌러덩 뒤로 넘어지니
뒤집지 못하는 한 마리 풍뎅이다

— 「후회」에서

집쥐의 어리석음을 해학적으로 풍자했다. 쌀이 가득 찬 쌀독
에 빠진 쥐가 '로또'에 당첨된 기분으로 마냥 놀고먹다가 낭
패를 보는 장면이 제시되었다. 무위도식無爲徒食할 행운이란 기

실 패망의 빌미임을 일깨우는 알레고리이다.

알레고리가 지나치게 진지한 엄숙주의에 빠지면 청중이나 독자, 곧 메시지 수용자受容者는 긴장과 거부의 즉각적 반응을 보이기 일쑤다. 박종은 시인은 이걸 아는 언어 예술인임이 분명하다.

그때가 오면 진양조로 육자배기부터 부르겠다는데
덩—드르덩덩 —따궁
내 정은 청산이요 님의 정은 녹수로구나
녹수야 흐르건만 청산이야 변할소냐
아마도 녹수가 청산을 못 잊어 휘휘 감고만 돌구나

덩—덕쿵덕기덕덕
기덕쿵더러러러
십이분의 사 박자나 팔 박자로 춤추거나 자발자발 걷다가
중중모리 계면조로 애절 통곡하며
중모리로 몰아가다 중중모리로 조급해진다.

숨이 좀 차게 자진모리로 넘어가는데
춘향이 죽어갈 때 어사출도, 심청이 인당수에 당도하고
쿵떡쿵떡 떠떠떡 쿵떠더덕 쿵떡
둥둥 둥개야 둥개둥개 둥개야
둥둥 둥개야 똘망똘망 자라라

덩따따쿵따쿵

홍보가 기가 막혀, 홍보가 기가 막혀
앗다, 가슴이 무너지게 아조 무너지게 휘몰아치니
요절복통하고 어깨춤이 절로 나는
가얏고의 다드래기 고갯길은 가파르기만 하다

「벼락 맞고 싶은 오동나무」(전 8개 연 중 제3-6연) 다. 흥과 멋으로 교직된, 멋들어진 시다. 서정시와 판소리가 한껏 잘 어우러져 융합 장르적 성격을 띤 창조물이다. 오동나무의 잠재적 속성은 '벼락을 맞은 뒤'에라야 드러나는 역설이다. 벼락 맞은 오동나무가 가얏고로 거듭나고 가얏고 소리에 덩실덩실 신명이 나는 이가 우리 민족이다. 이 신명나는 계기를 휘어잡는 박종은 시인의 창조적 직관이야말로 놀랍다.

　(5) 열기와 다시 열기
　아리스토텔레스의 시학대로 모든 작품은 처음-중간-끝이 있다. 시 창작이 언어의 시적 질서화라면, 그 질서의 처음과 끝은 '중간'의 성격을 결정짓는 주요 계기다. 박종은 시인은 시 쓰기의 '열기' 기법에 큰 관심을 보인다. 그 현저한 것만 보기로 한다.

만추의 깊은 사색을 그대로 껴안은 채
하얗게 꽁꽁 얼어버리고 싶은

쉼 없이 달려온 지친 물의 밑바닥에 불어 튼
물집이나, 흐르지 못하고 갇힌 호수에서 벗어나려

발버둥 치던 기억 또는 통증

　(중략)

세상을 부드럽게 어루만져 꽃을 피워내며
가던 길, 마저 가고 싶은

「겨울의 상」(제2연 후반부 생략) 제1연 둘째 줄을 '꽁꽁 얼어
버리고 싶은'으로 열어놓고 끝내었듯이, 박종은 시인은 마지막
도 '가던 길, 마저 가고 싶은'으로 열어 둔 채 끝내었다. 열린
끝맺음은 독자에게 서정과 상념의 자유를 준다. 열기로 시작해
서 다시 열며 끝내었다.

4. 사회의식과 국가관

박종은 시인의 이번 시집에서 사회의식이나 국가관을 표출한
작품으로 대표적인 것은 「칠포세대의 독백」과 「무궁화」다.

대양 건너의 알바, 알바 밭에 떨어지는 말이라도 주워 담
아 입을 떼야 될 것 같아 대출 받아 무작정 비행기를 탔고
달이 뜨면 하염없이 흑인 노예의 연가를 불렀지 아쉬운 대
로 소통은 된다 싶어 돌아왔건만 어디 뚫고 들어갈 뾰족한
수가 나지 않아 공부가 부족했나, 또 교문만 들락거리다
좋은 시절 탕진하고 얼굴 쇠고 뱃살 두툼해서 얻은 석 · 박

사, 내놔봐야 개도 물어가지 않는 그것을 위해서 가계부채
만 감당 못하게 늘렸지

　　밥주발 하나 들고 뛰었지 발바닥에 땀이 나게 그게 안 채
워지더라고 무인기가 갈수록 판을 치며 취업은 안 되는데
무엇으로 주택을 구입할까 저 빌딩 숲 속에 내 것 하나 없
다 생각하니 풀밭에서 울어대는 벌레만도 못한 것만 같아
울음도 안 나오는 오포세대

　　흙수저를 쥐어줘서 미안하다 미안하다며 제발 포기만 말
아달라고 그 어둡고 캄캄한 터널을 어서 빠져나오라고 시
련 없는 인생이 있겠냐고 쓴 게 약이라고 그 모정의 강바
닥에서 건저 읽는 참게 껍질 같은 문장들

　「칠포세대七抛世代의 독백」(전 5개 연 중 제1, 3, 5연)은 시대고時
代苦에서 취재한 시다. 아르바이트, 대출, 유학과 귀국, 석ㆍ박
사 학위도 쓸모없는 비정한 현실세계, 더욱이 인공지능 로봇으
로 대체되는 일자리 가뭄현상, 이런 생존 여건 하에서 평범해
보였던 여러 현실적 욕망을 포기한 청년들의 허망한 처지를 산
문적 서술로써 펼쳐 보인다. 사회시다.
　사회시가 빠지기 쉬운 텐션tension의 해체 현상은 새로운 시학
을 요구한다. 박종은 시인은 이 위기를 서사 지향적 르포르타
쥬reportage 기법을 원용하여 극복하려 했다. 이것이 성공적인
가의 여부를 판별하는 것은 독자와 비평가의 몫이다. 연애, 결
혼, 출산, 직장, 집 마련, 인간관계, 꿈마저 포기한 채 금수저가

아닌 흙수저 상속자라는 칠포세대의 탄식이 절절하다. 이 모순에 찬 사회 현실에 대한 박종은 시의 어조가 증오나 저주, 고발에 있지 않다는 점이 주목된다. 현실 표출에 목적성 불개입 어조를 유지했다. 이 사회시가 목적시의 허방다리에 빠지지 않은 이유다.

> 어둠 속에 외롬이 무섭고 싫어 선가
> 접은 팔다리에 얼굴을 묻고 웅크리며 밤을 지새우다
> 해님이 새날을 이끌고 환하게 찾아오니
> 그때서야 화사하게, 잇속 고른 하얀 웃음 수줍게 내보이며
> 백의에 붉은 열정이 횃불처럼 타오르는
>
> 나라꽃, 우리나라
> 무궁, 무궁, 무궁화

「무궁화」(전 4개 연 중 제3 제4연)는 자칫 소외되어 버림받기 쉬운 나라꽃에 대한 관심을 환기한다. 애국시 역시 사회시와 마찬가지로 미학적 표상화 기법 쪽에서 난감하다. 그럼에도 이 시가 표출하는 애국 열정은 독자의 기대에 대한 반향反響이기에 값한다.

5. 전 생명의 우주적 전일성

무생물과 생물, 생물과 생물, 좁혀 말하여 사람과 식물, 사람과 동물 사이에 생명적 교감과 의사소통이 가능하다. 과학

적 실증實證을 뛰어넘는 체험적 진실로서의 초상현상超常現象
이다. 박종은 시인의 작품에서 이와 연관된 생명의 우주적 전
일성소一性의 기미가 엿보인다. 박종은 시의 또 하나의 경이로
운 국면이다.

　　키 큰 것들에 가린 듯 숨은 듯
　　눈에 잘 띄지도 않는 소박하고 초라한 풀꽃
　　찾아가서 그윽한 눈빛으로 바라보며
　　옆에 앉아 다정히 불러보라

　　（제2연 생략）

　　바짝 다가올 거다
　　가슴 슬며시 열고

「그 풀꽃에게」 하찮아 보이는 한 송이 풀꽃은 그 존재 자
체가 우주에 사무친다. 다른 시를 보자.

　　모래 한 알 속에 세계를
　　한 송이 풀꽃 속에 천국을 보며
　　그대 손바닥 안에 무한을 쥐고 한 순간 속에 영원을 보라

　　윌리엄 블레이크의 「순수의 전조前兆」이다. 박종은 시인의
작품은 존재의 관계성 발견과 동참에 중점을 두었다면, 윌리엄
블레이크의 우주 공간과 영원에 합류하고자 하고 있다.

억지 생각 하나를

달랑 챙겨 넣은 작은 가방 하나 메고

지금은 여행 중이라네

풀잎 하나에서도 새삼스러움을 만나고

낯선 지역을 헤적여 못 본 문장을 찾아 읽으며

광활한 우주로 상상의 로켓을 타고 떠나거나

은폐된 세계를 탈 은폐시키고자

 (끝 연 생략)

「지금은 여행 중이라네」이다. 풀잎 하나에서도 새삼스러움을 만나고 광활한 우주로 상상의 로켓을 타고 떠나는 시인의 자세는 점―선―우주로 확산되는 전 생명의 우주적 전일성을 가능케 한다. 박종은 시 창작의 미래형 과제다.

6. 존재 탐구와 초월관

삶의 실상을 투시하고 존재의 의미를 탐색한 박종은 시인의 시는 「시인의 말」을 제외하고도 28편이나 된다. 이는 그가 얼마나 성실하게 삶과 존재의 실재에 직핍하여 진실을 조명해 내려 했는가를 실감케 하고도 남는다. 그리고 마침내 그는 존재의 궁극적 의미, 실존의식에 귀착한다. 모든 존재론의 불가피한 역정歷程이다.

 (1) 삶과 존재 탐구

살아간다는 것은
그 운동회 날의 장애물경기

사는 거란 장애물경기
통과하는 묘미를 즐기는 것

「장애물경기」(전 4연 중 2,4연)이다. 살아간다는 것은 운동회 날의 장애물경기와 같다며 '시시각각 불쑥불쑥 돌출하는 사사건건'을 당당하게 넘어서며 때로는 좌절도 하면서 통과해 왔다. '사는 거란 장애물경기/ 통과하는 묘미를 즐기는 것'이 아닐까.

강물도 큰 산을 만나면 몸을 휘고
지름길도 암벽과 마주치면 돌아가느니

휘어짐의 지혜가
어찌 곧음만 꼭 못하다 하랴

「휘어지기」(전 5연 중 4,5연)이다. 삶에서 휘어짐은 여유요 지혜라고 생각하며 적당한 타협으로 세상과 조화를 이루며 살아가려는 시인의 원만한 성품을 엿볼 수 있다.

오래된 스마트폰인양
사용하는 횟수보다 더 잦은 충전을 한다.

기억은 나뭇가지에 앉았던 새처럼 금세 날아가고
애써 축적한 지식은 어레미에 물처럼 빠져나가는가하면
방금 나눈 이야기도 하루살이의 수명처럼 짧기만 하니

만에 하나 충전의 때를 놓치기라도 한다면
대낮에도 캄캄한 밤중 같은 먹통이 될까봐서
깜박깜박하다가 아조 불이 나가버릴까 봐서

언어가 흐르는 전류 판에
하루에도 몇 번씩 침침한 눈알을 꽂는다.

「독서」 전문이다. 노년기를 맞이하여 조금만 독서를 해도 침침해지는 눈으로 지식이나 기억을 잊어버리지 않기 위해 다시 보고, 또 보며 책을 가까이 하며 치열하게 사는 모습을 볼 수 있다.

　(전략)
그동안 고마웠다고
남은 이들에게 울먹한 퇴직인사*를 하고
억누르려 해도 눈시울 적시는 걸 어쩌지 못한 채
다시는 들어서지 못할 문을 나서며
서운하게 아조 서운한 채로
염장한 배춧잎처럼 풀이 다 죽어
소리 없이 문 열고 들어오면 뭐라고 할까
무슨 말이 어울릴까, 내내 찾아보고 뒤적였는데

아무 일도 없는 듯이
귀가가 그렇게 담담하고 하도나 무덤덤하여
"다녀왔어" 어제처럼 마중했네.
들고 온 꽃 한 바구니와 황조근정훈장을 받아주며
* 송원 송춘희 교장 정년퇴임

「마지막 출근 날」 부분이다. 부인이 한평생을 다닌 직장에서
정년을 맞아 퇴직하는 마지막 출근하는 날의 생각을 그대로 그
려놓았다. 내색은 없어도 그동안 노고에 대하여 얼마나 고마웠
겠는가. 따뜻한 부부애가 잔잔하게 깔려 있다.

여름 지나 이마가 서늘해진 날
오랫동안 소중하게 간직해 온 풍선을 불어
홀가분히 떠나라
자유롭게 떠나라
잡고 있던 손을 놓는다

「풍선」(전 3연 중 제1연)이다. 이제 욕심을 놓아야 한다. 없던
권력을 생각한다거나, 재산을 키워보겠다 거나, 명예를 얻어야
겠다는 거나 하는 것들을 떠나보내야 한다. 그것들은 패기에 넘
치는 젊은 사람들에게 주고 다 비워야 한다는 생각이다.

미라가 층층이 쌓이는 관이다.

언젠가는 완성되겠지만

148

날마다 나는 나를 집어넣는다.
하루가 구김 없이 그대로 칸칸이 접혀서 들어간다.

목판 팔만대경장처럼 구원의 거대한 말씀도 아닌 것을
시간을 끊다가 끈끈하게 붙이면서 풀잎의 희로애락을
역사처럼 시대별로 차곡차곡 담아 무덤을 가득 채우며
스스로 제 미라를 만드는 일은
이미 습관이다

미라는 어느 날 화장될 것이다

「나의 포트폴리오」 전문이다. 「나의 포트폴리오」는 표제작이다. 박종은 시인의 '포트폴리오'는 박종은 시인 개인의 역사다. 지금까지 41권 째의 '포트폴리오'를 갖게 되었는데 그 안에 박 시인의 일생이 들어 있다. 그걸 열어보면 언제 무엇을 하였는지 모든 것을 소상하게 알 수 있다. 그렇게 인생을 거짓 없이 정리하며 살아왔다. 그것은 이미 습관이었다. 그러나 스스로가 큰 인물이 아니라는 이유로 거기에 큰 가치를 부여하고 있지 않기에, 언젠가는 하찮은 폐지처럼 불에 태워져 없어질 것이라는 것을 알면서도 정성껏 만드는 '포트폴리오'는 박 시인의 모든 내력이 다 들어있다.

주목할 점은 시인의 어조에 실린 긍정적 비전이다. 그러기에 박종은 시인은 허무주의자나 염세주의자, 더욱 시니시즘의 주인공이 아니다. 이 점이 그의 시를 건강하게 만든다.

(2) 초월관

박종은 시인은 무종교인無宗敎人이다. 그럼에도 여러 편의 시들이 불교적인 성향을 띠고 있다. 그것은 전통적이고 토속적인 생활의 분위기 때문이 아닌가 생각한다. 불교에서는 색이 곧 공이고, 공이 곧 색(色卽是空, 空卽是色)이며, 삶도 죽음이라는 것도 다 없는 무無의 존재관이다.

못 푼 물음 하나를
낚싯줄에 매달아 심연에 던진다.

적막하다
침묵과 고요로 한나절이 넘게
내공을 쌓으며 불가시 영역을 응시하다
찌가 반응한다 싶어 걷어 올리지만
흔드는 게 바람이었을까
낚시 바늘에 걸려 올라오는 게 없다

꽃은 꽃을 버려야 열매를 얻을 수 있고
강은 강을 버려야 바다에 이를 수 있나니

대체, 나는 무엇을 버려야
그 답을 얻을 수 있을까?

「문답」 전문이다. 미늘이 없는 빈 낚시다. 『법화경』에서 인간 개체란 욕망으로 불타는 집(火宅)이라고 한 그 욕망 자체를 버린 민낚시에 걸려 올라올 것은 없음(無) 자체일 게 분명하다. 하지만 그 민낚시는 낚는 게 있다. 『법화경』의 명구다. 꽃이 꽃을 버리고, 강이 강을 버리는 패러독스, 만행萬行·만덕萬德 을 낚는 것이다.

> 몸에 대한 집착이 없다면 죽음도 없다는데
> 몸은 지수화풍地水火風으로 만든 거푸집이라는데
> 몸이 나요, 몸이 없으면 내가 없는 거나 마찬가지라고
> 몸에 좋다면 그렇게 독한 것들도 찾아들고
> 몸이 어쩌다 혹 잘못 될까 벌벌 떨면서
> 몸을 위한 업보만 평생을 두둔하여 쌓다가
>
> 의식을 단절하고 이세도 내세도 아닌 관속으로
> '죽음은 변화다' 라는 가설의 증명을 위해
> 너는, 죽음의 방으로 걸어 들어가 고요히 눕는다.

「사유四有 체험」 부분이다. 사유란 태어나서 죽은 후까지를 네 단계로 나눈 것이다. 즉 탄생이 생유, 살아 있을 때를 본유, 죽었을 때를 사유, 죽은 후 사십구일까지를 중유라 일컫는다. 중 생의 업보와 적멸을 향한 가붓한 사유思惟가 녹아든 시다.

III. 맺는 말

151

박종은 시인의 제8시집 『나의 포트폴리오』에 실린 70편의 시는 새롭게 읽힌다. 모국어, 향토어의 시적 질서화 기법이 '창조적 유일성'을 확보했다는 뜻이다.

박 시인은 풍부한 모국어에 민요와 판소리풍의 흥과 해학의 어조를 도입하여 우리 시의 개성을 창조했다. 모더니즘 시 이후에 우리 시에서 숨죽인 리듬도 개성 있는 가락으로 되살려 내었다. 그의 이 같은 어조와 그의 시가 직면할지 모를 시적 구심력과 산문적 원심력 간의 길항 관계를 조절하는 미학적 기본 질서로서 새로이 부각된다. 이는 우리 시의 잠재적 독자들이 시 읽기에 진성성 있게 동참하는 '문학 현상론적' 역동성을 촉발하는 계기를 마련할 것이다.

박종은 시의 자연 표상은 정물적靜物的 관습성을 벗어나 서사적 생동감을 보이며 변용되었다. 개성 있는 매개어를 동원한 그의 시는 참신한 비유로써 독자에게 다가간다.

박종은 시인의 이런 언어미학적 장치들은 수사적 장식성을 넘어 기능적 수준으로 격상되어 있다.

박 시인의 시적 자아가 사회시, 애국시에 빠지기 쉬운 감정 격발식 비시적非詩的 편향성을 극복한 것은 주목할 대목이다. 또한 텐션 해체의 위기 앞에서 고심한 자취 또한 역연歷然한 것이야말로 다음 시집을 기대케 한다.

미당문학 **시인선 04**

나의 포트폴리오

ⓒ박종은, 2017, Printed in Seoul, Korea

초판 1쇄 인쇄 | 2017년 8월 10일
초판 1쇄 발행 | 2017년 8월 15일

지은이 박종은
펴낸이 김동수
편 집 쏠트라인
펴낸곳 미당문학사

등 록 제 2016-000003호
주 소 전주시 덕진구 호성로136, 209-1202호
전 화 063)223-3709, 010-6541-6515
이메일 midangmh@hanmail.net

ISBN 979-11-958958-4-7

이 도서의 국립중앙도서관 출판예정도서목록(CIP)은 서지정보유통지원시스템 홈페이지(http://seoji.nl.go.kr)와
국가자료공동목록시스템(http://www.nl.go.kr/kolisnet)에서 이용하실 수 있습니다.
(CIP제어번호: CIP2017019211)